Felicidade Desejada
BJ Harvey

Tradutora - Larissa Nicoli

Dedicatória

Para Nikki, também conhecida como Bulldog.

Você é a melhor amiga que eu conheci.

Minha fortaleza, minha torcedora, minha motivadora e o mais importante: uma querida amiga.

Sean será sempre seu agora ;)

Prólogo
Dia ruim

Sean

Não sou do tipo que se abala facilmente.

Na verdade, sou tão seguro quanto uma rocha ancorada no concreto. É por isso que sou tão bom no que faço — direito corporativo. "Tubarão" é como me chamam. Deleito-me com ele e prospero sob pressão. Na verdade, calma, tranquilidade e senhor de si deveriam ser meus nomes do meio.

Então, na outra face da moeda, existe a outra metade da minha vida. O lado que não é tão organizado: minha vida pessoal, a parte que deveria estar sob controle, é a porra de um turbilhão agora. E, como de costume, tudo aponta para uma pessoa.

Durante o dia, sou parecido com um teflon — merda nenhuma gruda em mim. Não permito que isso aconteça. Não levo trabalho para casa; ele começa e termina na porta do meu escritório. Do jeito que gosto.

Eu deveria estar sentado na minha poltrona reclinável de couro, bebendo um copo bem merecido de Macallan com gelo. Então, por que estou sentado em frente a um computador, assistindo às imagens de segurança mostrando meu irmão mais novo Ryan entregando um envelope para um homem desconhecido na boate?

Na porra da *minha* boate.

Ainda bem que o vídeo que estou assistindo não é ao vivo. Seria muito para aguentar. Tenho um temperamento bem controlado, mas eu iria correndo para lá e socaria a cara dele, e, por fim, chutaria sua bunda inútil para a rua de uma vez por todas. Ao invés disso, estou assistindo a uma filmagem de segurança de ontem à tarde que meu investigador particular me enviou.

Sendo sangue do meu sangue ou não, ninguém fode comigo. Suspeito que Ryan esteja colocando a mim e a boate sob o radar nada conveniente de alguém, e não preciso disso ou de qualquer merda desse tipo. Sim, sei que ter um investigador particular vigiando meu irmão já diz tudo. Ryan é um filho da puta ingênuo com um imã para idiotas e problemas, em igual medida. Assim que tive o pressentimento de que ele estava envolvido com merdas inescrupulosas (mais uma vez), pedi para meu amigo Asher se intrometer e verificar a situação para mim. Era necessário fazê-lo. Ele se fodeu dois meses atrás e fiquei do lado dele, mas agora... bem, já deu.

Capítulo 1
Problema

Sean

Deixe-me explicar como chegamos a este ponto. Uma viagem rápida na memória, por assim dizer.

Meu nome é Sean Edward Miller, primeiro filho de Harvey e Annette Miller. Dois anos depois, Ryan Anthony Miller nasceu. Dois filhos indisciplinados que foram muito desejados e amados por seus pais. Meu irmão e eu nascemos com privilégios, sem sermos privados de nada. Infelizmente, isso só exacerbou o senso de merecimento do meu irmão. Mesmo muito novo, Ryan tinha um amor ao dinheiro e à abundância raramente vistos em um jovem garoto.

Quando tínhamos doze e dez anos, nossos pais foram mortos num roubo de carro. Ainda me lembro do dia em que a polícia veio à nossa porta com nosso avô, que tinha vindo de avião de Chicago. Eles nos levaram para a sala de estar e disseram que nossos pais tinham sido mortos e que tínhamos que ir viver com nossos avós em Chicago.

Embora tenha sido há vinte e um anos, ainda me lembro daquele dia como se fosse ontem. O perfume suave de flores da minha mãe, que preenchia o quarto enquanto ela estava se arrumando para um evento de caridade na cidade. O olhar de encantamento do meu pai enquanto observava minha mãe descer as escadas com elegância e graça. O amor contido no beijo de despedida que ela deu em ambos os filhos antes de sair e o sorriso que meu pai nos deu enquanto balançávamos as mãos e saíamos pela porta da frente, dizendo que nos veríamos em breve.

Mas não foi apenas outra noite.

Essas são as últimas memórias que tenho dos meus pais vivos. É um momento que está para sempre gravado no meu subconsciente e que tem sido a motivação da minha vida desde então. Tudo que conquistei e tudo que fiz foi para deixar meus pais orgulhosos. Quis ter uma vida bem-sucedida, feliz e realizada em memória deles, e gosto de pensar que consegui isso até agora.

Ryan foi afetado de maneiras muito mais profundas do que eu e, por mais que eu tente ajudá-lo, parece que ele não consegue se manter num caminho correto, e eu continuo livrando-o de problemas. Sou o porto seguro dele.

Puxo minha gravata que já está meio solta ao redor do pescoço antes de retirar as abotoaduras de platina e deixá-las sobre minha antiga mesa chinesa. Pausando o vídeo, deixo o escritório e caminho pelo corredor escuro e vazio do meu apartamento até a sala de estar, o som dos meus passos ricocheteando nas paredes e ecoando pelo ar. Paro em frente ao armário de bebidas, seguro o decanter de cristal que contém o uísque que está me chamando e me sirvo de uma dose de três dedos num copo que combina com o decanter — um presente de casamento que pertenceu aos meus pais —, um artigo raro e antigo que meu irmão sempre cobiçou. Virando o líquido âmbar, me sirvo de outra dose, bebendo-a tão rápido quanto a primeira vez. A sensação de queimação em meu peito se torna um calor agradável que se espalha por todo o meu corpo tenso. Sirvo-me de mais uma dose, dessa vez caminhando até a geladeira e acrescentando dois cubos de gelo antes de ligar algumas luzes na sala e retornar para o escritório.

Sento em frente à tela que está congelada e aperto o play, assistindo em câmera lenta ao meu irmão parecer entregar um pagamento a alguém. É tudo suposição e disse-me-disse no momento. Mas uma boate vazia e um envelope sendo entregue a um estranho que NÃO parece um banqueiro ou um guarda-costas... Bem, não parece boa coisa, não é?

E tudo foi feito enquanto eu estava a dez quarteirões de distância no meu prédio de vidro, enterrado até a cabeça em uma mediação hostil de aquisição. Quem diria que a verdadeira hostilidade estivesse ocorrendo no meu próprio quintal.

Enquanto tomo outro gole de bebida e assisto por outro ângulo a "transação", o enjoo no meu estômago aumenta. Ele não envolveu apenas a si mesmo na merda dessa vez, ele me arrastou para essa bagunça. A merda que meu irmão atrai não acaba nunca.

Se meu pai ou meu avô estivessem vivos hoje, mandariam que eu ficasse quieto e o deixasse lidar com suas próprias merdas. Mas não consigo fazer isso. Todas as vezes eu salvo o dia. Por mais que eu tente limpar o caminho para que ele fique dentro da lei e finalmente faça algo por si mesmo, ele sempre tropeça. Apesar do tempo, do esforço e das muitas oportunidades que ofereci a ele, nada parece mudar.

Bem, dessa vez vai ser diferente.

Quando me acalmar o suficiente para conversar com ele, irei fazê-lo entender que dessa vez ele foi longe demais.

Dessa vez, ele terá que aprender do jeito mais difícil.

Sozinho.

Sam

Dois dias depois

— Roberts, venha aqui. Pare de ficar sonhando acordado com sua noiva ou terei que adverti-lo por escrito antes que consiga dizer "sim, senhora". — Tento manter o semblante sério, mas por dentro estou tendo problemas em manter minhas ameaças. Ele sabe tão bem quanto eu que quando se trata de Zander parece que perco minha postura de rainha do gelo.

Zander Roberts é meu parceiro há seis meses e, nesse tempo, ele conseguiu o que nenhum outro conseguiu: me fazer relaxar. Estive, por falta de palavra melhor, presa por quase uma década. Para que eu me tornasse a mulher forte, capaz e independente que minha mãe me ensinou a ser, tive que usar o que agora comparo a uma armadura invisível e impenetrável para qualquer coisa ou pessoa. Estive sempre voltada para o trabalho; para a academia; depois trabalhando nas ruas, fazendo patrulha geral e sendo oficial de treinamento de campo. Zander foi o último recruta que assumi como oficial de campo. Forcei-o até os ossos por um mês, enquanto experimentava como era a realidade de ser um policial de Chicago. E ele me deixou orgulhosa, tanto que requeri que se tornasse meu parceiro quando voltei a patrulhar.

Agora somos tão próximos quanto dois parceiros podem ser. Ainda há momentos em que ele me deixa louca, mas, no geral, ele é profissional, alerta e não existe outra pessoa que eu queria para me dar cobertura.

Escuto o computador da patrulha apitando, e, ao apertar um botão, posso ver a chamada de um assalto em um endereço no bairro das boates. Na Division Street, para ser mais exata. Meu corpo gela quando percebo qual boate é.

Droga. Merda, droga, puta que pariu. Por que eu?!

Zander me olha e levanta uma sobrancelha.

— Sam, acha que podemos ir? Você está parada aí encarando o visor. Algum problema?

Balanço minha cabeça para me tirar desse torpor. Eu consigo fazer isso. Sou uma profissional. Sou a porra de uma policial, pelo amor de Deus. Posso entrar numa boate — um estabelecimento que, em si, desprezo — e fazer meu trabalho. Sim, posso ser Samantha Richards, uma policial e funcionária da cidade de Chicago.

— Sam?

Entro em ação. Ligo as luzes e a sirene, giro a chave na ignição, limpo minha garganta e lambo os lábios, que de repente ficaram secos como um deserto.

— Estou bem, Roberts. Estamos bem. Vamos lá. Pode ficar de olho no ônibus? Precisaremos ter certeza de que a cena está segura para o pessoal poder entrar.

— Claro.

Três minutos depois, estou parando em uma vaga no grande prédio negro de concreto com a palavra **Throb** pintada larga e orgulhosamente na frente, num vermelho brilhante. É corajoso, ousado e orgulhoso... assim como o proprietário da boate. Porra! Não, não pense nele.

Zander e eu descemos da patrulha no mesmo momento em que a ambulância parou atrás de nós, e vi meus melhores amigos — Helen e Rico — saírem de dentro e caminharem em direção à parte de trás do ônibus para se prepararem. Verificando que Zander está me dando cobertura, retiro minha arma que está no coldre da minha cintura.

Juntos entramos na boate, andando cuidadosamente do lado de dentro.

— Polícia de Chicago, tem alguém aqui?

— A-Ajuda! Preciso de ajuda! — uma voz rouca grita em desespero do fundo da grande pista de dança.

Zander corre na frente, a arma de volta no coldre.

— Roberts, porra, se controle, ok? Já liberou a cena? Pense em sua própria defesa, e na minha também, antes de qualquer coisa. Deus, não te ensinei nada? — Zander é bom, mas ainda tem seus momentos de novato. Este é um deles.

Ele para e volta seu olhar para mim.

— Droga, ele precisa de ajuda, Sam.

— Eu sei, mas agora eu não me importo. Não temos serventia para ele se formos atacados, temos? — Levanto uma sobrancelha para ele enquanto procuro por qualquer coisa ou qualquer um fora do comum. Endireito as costas, ainda sem conseguir ver a vítima.

— Ele ainda está aqui, senhor? Você está sozinho?

— S-sim — ele gagueja. — O cara que... uhm, me agrediu por trás fugiu quando escutou as sirenes.

— Roubo?

— Uhm... sim. Deve ter sido.

De repente, suspeito de algo e um nó se forma em meu estômago. Um roubo em uma boate no meio da tarde? Algo está errado aqui.

— Ele não pegou nada — continua, sua voz ficando mais forte conforme fala. Parece ter mais certeza agora; um tom acima de quando chegamos. — O cofre precisa de dupla verificação e parece que meu irmão mudou a combinação durante a noite sem me dizer.

Com Zander ao meu lado, nós nos movemos rápido na direção da voz do homem. Quando me dou por satisfeita de que o lugar está seguro, grito "LIMPO!" pela porta da frente, esperando que dois oficiais que estão na rua me escutem.

— Onde você está, senhor? — pergunto, quando alcanço o bar. Olho por cima e vejo um rosto familiar encostado contra as geladeiras enfileiradas na parede dos fundos.

— Ryan? — digo em choque, minha voz saindo rouca. Apoio o braço no bar e impulsiono meu corpo para frente, usando minhas pernas como alavanca.

— Sammy? Merda! — Ele tomba para o lado, mas consigo segurar sua cabeça antes que ela atinja o piso azulejado e duro. Deslizo para o chão e me apoio na parede, descansando a cabeça de Ryan em meu colo. Seu olho direito está quase fechado de tão inchado e posso ver um corte em sua bochecha, que não me parece muito profundo, mas está escorrendo sangue lentamente.

— Roberts, vá chamar os paramédicos. Ele precisa de ajuda — grito para Zander, que está vindo de trás do bar para se juntar a nós.

— Já estou indo. Tudo certo aqui?

— Sim. Vá buscá-los, Zander. Agora!

— Não pode... contar... Sean... — ele sussurra, enquanto seus olhos se fecham.

Balanço-o, tentando mantê-lo acordado, porque ele pode ter tido uma concussão.

— Pare, Ryan. Onde você está ferido? — Passo a mão por sua cabeça, encolhendo-me quando sinto o familiar aspecto pegajoso e quente de sangue emaranhando nos cabelos entre meus dedos. Traumatismo craniano com certeza.

— Ele pulou... em mim... na porra do meu próprio bar. Sean ficará tão...

— Não, Ryan, não se preocupe com isso agora. Onde mais?

— O quê? — Ele me encara em confusão.

— Onde mais você está ferido?

— Costelas — sibila ele. — O filho da puta me chutou nas costelas, e depois bateu minha cabeça contra a parede.

— Tudo bem — explico, ao ver Helen e Rico contornando o bar. Olho para cima e lhes dou um sorriso. São meus melhores amigos e, coincidentemente, são os paramédicos de plantão hoje. Para ser sincera, é bom ver um rosto amigo, considerando que estou me cagando de medo de que o homem que venho tentando esquecer há dez anos apareça a qualquer momento. Olho novamente para Ryan e seus olhos de um azul safira escuro estão me encarando como se eu fosse sua heroína ou algo assim. Porque sua guarda está abaixada, consigo pegar um vislumbre daquele garotinho de anos atrás, o homem que nunca se recuperou totalmente do trágico passado. Isso me dói a alma hoje tanto quanto antes. Perder os pais, depois os avós, oito anos depois, teria afetado até o mais forte dos homens. Como Sean...

Respiro profundamente e engulo o nó que se formou em minha garganta.

— Ryan, os paramédicos estão aqui para cuidar de você agora. — Levanto os braços, enquanto ele é afastado de mim, e em seguida me levanto do chão e saio da área do bar, para dar espaço para que possam examiná-lo. Olho para minha blusa azul que antes estava limpa e que agora está com uma larga e vermelha mancha de sangue.

Puta que pariu. Ainda tenho meio turno para cumprir.

Ando sem rumo pelo lugar, balançando a cabeça em descrença. Ryan Miller. O irmão mais novo do único homem que já deixei chegar perto o suficiente de mim para me devastar. Neste momento, eu amo e odeio novamente o irmão dele.

Sean Miller.

O grande sacrifício da minha vida.

Aquele que deixei partir.

Merda! Preciso sair logo daqui antes que Sean apareça e meu dia se torne uma merda completa.

Então me dou conta de que, se Ryan morrer, não haverá ninguém aqui, e, se tiver sido um roubo, não existe nada que impeça o ladrão de voltar. Sem pensar nas consequências para mim mesma, volto para onde Ryan está. Isso é algo totalmente além do meu dever e tenho consciência disso.

— Ry, tem mais alguém por aqui hoje? Alguém que possa fechar o local para você?

— Não, Sean não chegará por pelo menos uma hora por causa de um testemunho em que está envolvido, e Amy, nossa gerente, o turno dela é por volta do mesmo horário.

Merda. Droga. Cristo Todo Poderoso.

Olho para o teto, implorando para o ser superior que está tomando conta de mim aqui.

— Onde estão suas chaves, Ryan?

— No bolso de trás do meu jeans — diz, com a voz abafada pela máscara de oxigênio que cobre sua boca. Rico olha para mim e levanta uma sobrancelha. Faço que sim com a cabeça e ele vai até o bolso de Ryan, retirando dali um molho cheio de chaves e o jogando em minha direção.

Rico e eu tentamos namorar uns anos atrás e, embora não tenha dado certo, nos tornamos amigos próximos desde então. Ele é brasileiro e todo gostoso. Cabelo castanho num tom de chocolate, olhos verdes profundos e um corpo que é uma obra-prima esculpida em linhas e músculos fortes. Uma olhada e você consegue dizer o quanto ele se esforça e se dedica para parecer assim. Helen é sua parceira e sua noiva. Ela é totalmente o oposto de mim, com cabelos pretos cortados desfiados, no limite do raspado, que não fica bom em qualquer garota, mas ela arrasa assim; grandes olhos castanhos, bonitos e cativantes; e um jeito orgulhosamente único de se vestir — com ou sem uniforme.

Eles podem ser parceiros, mas Rico e Helen também são um casal. Quando tentaram começar a sair um ano atrás — depois que nós dois terminamos —, eles deram certo como um foguete em dia de lançamento. As faíscas explodiram, as roupas foram rasgadas e eles vão se casar no ano que vem. Eu não poderia estar mais feliz por eles.

Andando na direção das portas da frente da boate, tento alcançar meu rádio, quando Zander entra.

— Roberts, você pode...

— A fita de isolamento já foi passada e dois policiais ficaram de guarda na porta. Cheguei os vizinhos de ambos os lados. Eles escutaram tiros e ligaram para o 911, mas não viram ninguém saindo. Os detetives estão a caminho, mas duvido que acharemos quem fez isso. Vim da porta dos fundos e há um pequeno beco atrás deste quarteirão. Eu diria que o ladrão fugiu por ali. Quando o cara estiver bom, os detetives conseguirão interrogá-lo e terão acesso às câmeras de vigilância.

Olho para o meu parceiro e estreito os olhos.

— Você fez tudo isso só nesse tempo que foi lá fora?

Ele ri para mim com seu olhar de "sou gostoso e sei disso" pelo qual é famoso. O ex-stripper dentro dele brilha quando ele aciona o seu charme.

— *Claro, parceira.* Era isso que você *queria* que eu fizesse, certo?

— Deixa de bobagem, Roberts. Seu charminho não funciona comigo.

— Já funcionou antes — replica com um sorrisinho.

— Está correndo atrás para virar detetive, Zan? — replico, sorrindo para ele. Meu parceiro percorreu um longo caminho em alguns meses. É ótimo vê-lo tomando a iniciativa.

— Um dia.

— É bom ter um objetivo de vida além de ser *muito, muito bem-apessoado* — respondo com um sorriso. — De qualquer forma, vamos trancar o local e deixar as chaves com os oficiais até que o outro dono chegue — digo, voltando ao meu modo policial.

— A volta da Rainha do Gelo — sussurra ele.

— O que disse?

Zander esfrega a nuca quando Rico e Helen passam por nós com Ryan na maca. Helen sussurra "Você está bem?" e eu aceno que sim. É uma mentira branca, sei que ela me ligará mais tarde, mas aí estarei em casa com um gim-tônica em mãos, e não no clube de fetiche que meu ex-namorado é dono.

— Zander — digo calmamente depois que os paramédicos e Ryan já se foram. — Me chamam de Rainha do Gelo?

Seus olhos suavizam.

— Sam, é apenas um apelido estúpido. Ignore.

Penso nisso por um momento antes de surpreendê-lo com minha resposta, com um sorriso nos lábios:

— Estou desapontada. Tinha certeza de que era conhecida como uma dominadora imbecil. Terei que tentar mais.

Ele solta uma gargalhada antes de me dar um empurrãozinho com o ombro. Saímos pela porta da frente e a fechamos para preservar o local. Jogo as chaves para o oficial Keats, que está parado perto da nossa patrulha.

— Keats, os detetives estarão aqui logo. Quando Sean Miller ou a gerente, que se chama Amy, chegar, por favor, diga-lhes o que aconteceu e entregue essas chaves ao senhor Miller. Farei com que os detetives entrem em contato com ele também. Qualquer problema, me chame.

Quando Zander e eu já estamos de volta ao carro e ele dá nossa posição pelo rádio, se vira para mim em seu lugar e me encara, estudando-me. O silêncio se estende entre a gente, e de repente me sinto estranha e desconfortável. Nunca gostei das pessoas se envolvendo com minha vida pessoal. Sou uma pessoa muito reservada, e ele sabe disso. Podemos ser parceiros, mas não falarei sobre

Sean Miller e nossa história com Zander. Não agora, quando de repente ela volta à minha memória, *nem nunca*.

— Roberts, deixe de besteira. Vamos embora — digo, cruzando os braços, dando-lhe um olhar nada impressionado.

— Você o conhece, não é?

Encaro-o, e há preocupação em todo o seu rosto.

— Sim. Ele é o... irmão de um velho amigo. Estou bem, Zander. Não é o irmão que é o problema — confesso, sabendo que falei demais, mas incapaz de me conter.

— Então é o ex? Porque se for, você precisa se afastar desse caso agora. Qualquer conexão é demais.

— Foi isso que aconteceu quando a Kate precisou de você? — falo, de forma cruel, e me arrependo imediatamente assim que as palavras saem da minha boca.

Por um momento, ele parece surpreso com meu comentário, mas imediatamente dá uma resposta calma.

— Claro, Sam, entendi. Mas não entendo a sensação estranha que estou sentindo em você ou por que você se sentiria desconfortável naquele clube. — Ele inclina a cabeça na direção da *Throb*, sem tirar os olhos de mim. — Uma vez que você conhece o Ryan e nós estamos sem nada para fazer agora, quer dar um pulo no Northwestern para ver como ele está?

Balanço a cabeça. Não *preciso* me envolver nas bagunças de Ryan dessa vez. Não cabe a mim isso. Nunca coube. Assim como o irmão dele não possui um lugar em meus pensamentos. É uma história antiga, foi apenas uma infeliz coincidência que nossas vidas tenham se cruzados duas vezes em muitos meses. Vou só considerar que isso seja má sorte e vou deixar Sean fora dos meus pensamentos.

Para a minha sorte, eu ainda vou fixar meus olhos no único homem que me marcou durante todos esses anos. O homem que tem o poder de me deixar de joelhos, literalmente.

De alguma forma, não acho que a sorte estará do meu lado por muito mais tempo depois de hoje.

Capítulo 2
São e Salvo

Sean

Depois de passar a tarde inteira ouvindo um depoimento que foi além do previsto, finalmente estou de volta ao escritório, encarando uma pilha de mensagens que minha secretária deixou sobre minha mesa e contemplando outra longa noite diante de mim. Já são quatro horas da tarde, mas ainda tenho metade de um dia de trabalho para colocar em dia.

Viro o relógio de prata em meu pulso, uma mania quando estou frustrado. A inscrição no verso dele está gravada em minha memória.

Para o melhor homem que conheço e o único que sempre amarei.

Foi o último presente de Natal que minha mãe deu ao meu pai antes de ele morrer e que desde então tem lugar em meu pulso esquerdo. Meu avô o deu para mim enquanto os carregadores que faziam a mudança em Nova York empacotavam nossas coisas. Ele disse:

— Garoto, um dia você crescerá e será um homem, e então conhecerá uma mulher única que vai deixá-lo de joelhos, e perceberá que voluntariamente você irá permitir que isso aconteça todas as vezes. Quando isso acontecer, quero que se lembre do amor que seus pais sentiam um pelo outro. Era um amor duradouro, eterno, abrangente, do tipo que sabe de tudo. Quando encontrar isso, Sean, segure-o firme e não o deixe ir.

Saio das minhas lembranças e desabotoo o primeiro botão da camisa, passando os dedos pela gravata e desfrouxando o nó que fiz esta manhã. Posso gostar de ternos, mas as gravatas são meu ponto fraco. Só as uso pelo tempo que for necessário.

Tirando o celular do bolso, olho a tela e faço uma careta. Meu telefone esteve vibrando no bolso pela última hora, porém, infelizmente, esta é a primeira vez que consigo verificá-lo. Três ligações do clube e pelo menos umas quatro de um número desconhecido. Que porra está acontecendo? Eu não deveria receber ligações do clube a não ser que o local estivesse em chamas. Se Ryan realmente precisasse de mim, ele ligaria do seu celular. De qualquer maneira, não estou com vontade de falar com ele. Eu acabaria falando algo de que me arrependeria e ele provavelmente beberia demais novamente.

E, neste momento, essa é a última coisa de que nós precisamos.

Ligo para o clube e Amy atende.

— Throb, Amy falando.

— Amy, é o Sean. Você sabe por que tenho tantas ligações do...

— Sean! Ah, meu Deus! Você já falou com o Ryan? Ele está bem? — Ela está falando rápido demais e nada faz sentido.

— Certo, Amy, se acalme. Onde está o Ryan?

— Ah, merda, você não sabe? Ryan foi atacado no clube hoje durante um assalto. Bateram um pouco nele, depois ele foi levado ao hospital, cerca de duas horas atrás. — Escuto-a respirar profundamente, obviamente tentando se acalmar.

— Ele o quê? — Estou em choque. Tenho que estar. Não tem como alguém assaltar o clube no meio do dia. Isso é estupidez e burrice, e é simplesmente muito errado.

— Ele foi agredido pelo ladrão. Havia policiais aqui quando cheguei para começar a arrumar tudo para hoje à noite.

— Que hospital, Amy?

— Northwestern.

— Certo. Precisa de alguém para auxiliá-la?

— Já está tudo resolvido, chefe. A Isabel veio. E está muito feliz por vir.

— Ótimo. — Respiro profundamente para tentar me acalmar. Apesar dos erros, Ryan é a única família que tenho. Lidarei com a porra da questão do dinheiro mais tarde, quando ele não estiver no hospital e todo quebrado. — Certo, Amy. Vou ao hospital. Telefono para você mais tarde para saber como estão as coisas. Peça que o Michael verifique as escadas e eu darei uma olhada em tudo quando chegar.

— Certo, vejo você mais tarde — responde ela, antes de desligar.

MERDA!

Minha cabeça está girando quando ligo para o serviço de transporte e peço para me pegarem aqui urgentemente, antes de me sentar na cadeira de couro. Com a cabeça nas mãos e os dedos puxando os cabelos em preocupação e frustração, imagino que porra Ryan fez dessa vez. Posso não saber dos detalhes ainda, mas estou presumindo o pior.

Pego minha bolsa com o laptop e enfio dentro alguns arquivos que precisam da minha atenção, enquanto caminho porta afora. Conforme o elevador começa a descer, sou atingido pela realidade de que meu irmão está deitado numa cama de hospital e que foi espancado em meu clube.

Mas essa não é a primeira vez que algo desse tipo aconteceu.

Eu tinha vinte e cinco anos e trabalhava como um associado de verão. Estava trabalhando até tarde da noite num caso de colarinho branco que tinha potencial para fazer minha carreira em direito coorporativo crescer quando meu celular começou a tocar. Ao ver o nome de Ryan na tela, respondi imediatamente.

— Ei, Ry.

— Sean, estou numa merda tremenda.

Minha respiração vacila quando suas palavras me atingem.

— Onde você está?

— Escondido num beco atrás de um bar em Detroit.

— Ry, que porra é essa? Você estava em Chicago hoje de manhã quando saí para trabalhar. — Minha voz estava contida enquanto tento controlar a fúria que crescia dentro de mim.

— Podemos falar disso mais tarde? Agora preciso de ajuda. Eu estava no fundo do bar quando o lugar foi invadido. Escapei pela porta de trás e comecei a correr. Agora estou num beco no centro de Detroit, com meu celular e só vinte dólares. — Ele estava respirando com dificuldade e sua voz era instável.

Felicidade Desejada 21

Meus pensamentos estavam a todo vapor.

— Porra, Ry. Você realmente precisa começar a lidar com seus problemas. Não posso ficar te salvando. Isso vai ferrar de verdade com o meu trabalho nesse caso.

— Eu não telefonaria se não estivesse desesperado. Vou ser preso, irmão. — Ele sabia do que estava fazendo.

Nosso avô falecera três meses antes, sete meses depois de nossa avó morrer dormindo, após um longo período convalescente. Ele nunca conseguiu superar a morte dela, e literalmente começou a definhar a olhos vistos, até o dia em que teve um ataque cardíaco na sala de estar. Infelizmente, foi Ryan quem chegou em casa e o encontrou, e ele vem lutando com isso desde então. Isso só fez aumentar os problemas que vínhamos tendo desde que nossos pais morreram. Da noite para o dia, ele se tornou um entusiasta por emoção, um viciado em adrenalina sempre procurando uma aventura, querendo provar a si mesmo que ainda estava vivo.

Ele decidiu que viveria cada dia como se fosse o último. Em todos os aspectos da sua vida. Ele viveu e amou completamente. Cada mulher que chamava sua atenção era uma alma gêmea em potencial. Amava facilmente e profundamente. Também jogava alto... e com frequência, e foi exatamente o que o levou a ter problemas em Detroit.

— Ry, estou a quatro horas de viagem de carro. E mesmo que eu tentasse pegar um voo, não chegaria aí por pelo menos algumas horas.

— Sean, estou realmente fodido dessa vez. Se os policiais desconfiarem que eu estava lá, irei preso por isso.

— Pelo quê?

— Não se preocupe, não acontecerá novamente. Só preciso de um pouco de dinheiro, ou um carro ou algo para voltar para casa.

Lembro-me do meu estômago se contorcer e de sentir uma pontada em meu couro cabeludo com a resposta evasiva que ele me deu.

— Merda.

— O quê, Ryan? — pergunto, minha voz ficando mais alta e chamando a atenção das pessoas à minha volta.

— Irmão, rastreie meu celular ou algo assim. Faça o que tenha que fazer.

— Que merda é essa, Ryan? O que está acontecendo? Você não está falando coisa com coisa.

— Estou caminhando sentido sul, a dois quarteirões de distância do bar.

Um alvo que se mexe. Fantástico.

— Ryan, não tenho tempo para essa porra.

— Merda — murmura ele baixinho, mas escuto-o claramente e meu lado protetor entra em ação. O mesmo modo em que tenho estado por vinte anos.

— Ryan, qual o nome do bar?

— O quê?

— O bar que você estava...

Ele começa a ficar ofegante.

— Big Rob's Bar — respondeu ele, sem fôlego. Escuto-o começar a correr, seus passos contra o pavimento ecoando audivelmente pelo telefone.

— Sério, Ry? Big Rob's Bar?

— Escute, Sean, pode me ajudar?

Ele parece desesperado.

— Por que está correndo?

Meu maxilar estava começando a doer por causa da tensão constante. Cinco minutos de conversa e tudo o que descobri foi que ele estava em Detroit, fugindo de uma potencial cena de crime, e, em segundos, eu passei de preocupado, porém relaxado, para altamente alerta, ansioso e desesperado.

Eu precisava de férias.

— Cinco deles cruzaram a rua atrás de mim. Estão vindo rápido. Verifique os hospitais primeiro. — Ele solta isso antes que eu escute um grito a uma certa distância e o telefone caindo. Levanto-me, gritando para o telefone em desespero. — Ry? Ryan? Porra! Ryan?

Tudo que pude ouvir foram passos e um barulho de carro, e em seguida Ryan gritando.

— Não, por favor! Não tenho nada. Eu estava só caminhando. Merda! — Mais passos e buzinas. O que descobri depois foi que três caras bateram no

Felicidade Desejada 23

meu irmão caçula enquanto ele estava deitado na sarjeta.

Dois dos meus colegas de trabalho tentaram me acalmar, mas neguei com a cabeça para eles. Olhei meu relógio: era uma da manhã.

— Ryan! — gritei uma última vez e não obtive resposta. Tomei a decisão de desligar e ligar logo para o 911.

Sete horas depois, aterrissei em Detroit e pulei em um táxi, que me levou direto para o hospital onde Ryan estava sendo tratado por causa de uma concussão e quatro costelas quebradas. Voltamos para casa no mesmo dia em um carro alugado.

Foi nesse dia que descobri que meu irmão estava viciado em jogo, o que o levou a um bar desonesto, tarde da noite, para um jogo ilegal de pôquer, no qual perdeu cinco mil dólares pouco antes de os policiais chegarem.

Foi o primeiro de muitos problemas com a lei que Ryan Miller viria a ter, e foi a primeira vez que eu teria que pagar sua fiança.

Trinta minutos no carro e eu estava agora na emergência do Hospital Memorial de Northwestern tentando encontrar o meu irmão, de novo. Sim, nove anos depois, isso está começando a se tornar habitual. Mesmo que ele tenha sido atacado por um suposto ladrão e seja completamente inocente nesse caso, estou cansado de visitar meu irmão mais novo na porra de um hospital.

Espero por duas horas, o que me dá tempo de usar o laptop e checar alguns e-mails e mensagens. Quando sou levado até Ryan, faz quatro horas desde que ele foi supostamente agredido, e a enfermeira me disse que ele estava muito dolorido e sonolento por causa dos remédios para dor, logo eu não poderia ficar ali por muito tempo.

Caminho para a enfermaria que ele divide com outra pessoa e vejo seu colega de quarto temporário daquela noite: um senhor mais velho que está roncando e babando no travesseiro. Para ser sincero, esse homem parece estar na sala de espera de Deus aguardando a hora de ser chamado. Vou na direção da cortina fechada ao lado dele e me viro para ver uma versão mais nova minha deitada na cama de hospital à minha frente.

Seus olhos estão fechados e posso ver um hematoma impressionante se formando em seu olho direito, assim como um corte na bochecha. Ele está usando o que parece ser a roupa de hospital menos atraente que já vi, e está ligado a uma máquina que monitora sua pressão e seu batimento cardíaco, bipando suavemente no canto. Há uma máscara de oxigênio cobrindo sua boca e uma bandagem branca ao redor de sua cabeça. Rio quando a imagem de Humpty Dumpty vem à minha cabeça, que é exatamente como ele se parece agora. Ryan abre os olhos e me encara, piscando algumas vezes antes de franzir o rosto.

— Ei, irmãozinho. — Dou um passo à frente e me sento na cadeira ao lado da cama.

— Ei, irmão mais velho — diz, com a voz abafada pela máscara.

— Qual é a extensão do dano?

— Físico ou financeiro?

— Ry, o que...

— É ruim, Sean. *Sério*.

— Quão ruim?

— Pior do que Detroit. Pior do que qualquer outra vez.

Ele tem que estar de brincadeira comigo. Pensei que eu iria vir visitá-lo, ver se estava bem, e depois iria para casa beber um ou dois copos de um uísque vinte anos, mas não, Ryan tem que acabar com meus planos.

Os pés da cadeira raspam o chão conforme me levanto e começo a andar pela pequena área. Meu corpo está rígido, e a raiva passa por mim em ondas.

— Sean, eles sabem sobre você e sabem que tem dinheiro. O dia de hoje prova que farão tudo que for necessário...

— Quem são eles?

— Não posso lhe dizer isso.

Zombo.

— Bem, foda-se. Desculpe-me por ficar sentado e deixar que criminosos entrem no meu clube e tentem roubar de mim, ou dar uma surra no meu irmão por causa de uma porra de uma dívida de jogo que eu não sabia que tinha. Ah, não, espere... — Paro por um momento, levando o dedo ao queixo de forma irônica. — Eu deveria deixá-los levar o CARALHO que quisessem de mim apenas para pagar as SUAS dívidas. Deveria deixá-los levar o MEU dinheiro, que ganhei com trabalho duro, apenas para VOCÊ ficar livre, DE NOVO! — berro.

Ryan arregala os olhos com o meu discurso, mas não dou a mínima. Estou muito tenso para me preocupar em ser gentil com ele. Não posso fraquejar nesse assunto. Ele precisa de ajuda e precisa agora, antes que acabe na cadeia. Ou morto.

Olho para ele e vejo que seu ritmo cardíaco subiu um pouco. A enfermeira entra correndo junto com um segurança.

— Senhor, preciso pedir que se acalme, ou terá que ir embora. Você está incomodando os outros pacientes — fala ela, com uma voz doce.

Jogo minhas mãos para o ar.

— Tudo bem. Já acabei. — Olho diretamente nos olhos do meu irmão. — ACABOU.

Inclino-me e pego a bolsa do laptop antes de virar para a enfermeira, que deu um passo para trás, para longe de mim, e seguro o riso. Já me disseram que consigo levar um lugar abaixo — ou uma calcinha — com um simples olhar, mas essa mulher parece que está prestes a ser esmagada.

Afastando-me de Ryan, dou um passo em direção à enfermeira, que assiste cada movimento meu, e estendo minha mão para ela. Quando segura minha mão, olho dentro de seus olhos, jogando o charme que me faz ser tão bom tanto numa sala de reuniões quanto em um quarto.

— Por favor, aceite minhas sinceras desculpas. Meu irmão e eu estávamos apenas tendo uma discussão acalorada. E pode, por favor, pedir para alguém me ligar quando meu irmão for liberado? Darei um jeito para que o busquem. Ele pode dar meus dados para realizar o pagamento. — E, só para acrescentar mais doçura, levanto sua mão e a levo até minha boca, beijando-a suavemente. — Tenha uma boa-noite, senhora. — Isso me rende uma risadinha. Ela é muito nova para o meu gosto e de um jeito nada submisso, então não seríamos um bom casal, mas um pequeno flerte não faz mal a ninguém.

Dou a ela e ao segurança carrancudo um sorriso e caminho para fora do quarto o mais rápido possível. Paro do lado de fora e encosto ambas as mãos na parede oposta, minha cabeça pendendo conforme absorvo tudo que aconteceu. Meu irmão me fodeu. Não intencionalmente, claro, mas seu comportamento descontrolado trouxe problemas para mim. Preciso pensar sobre isso e no que posso fazer, com quem posso falar e como posso pagar a dívida dele antes que qualquer coisa aconteça ao meu clube e aos meus funcionários... ou a Ryan, porque só Deus sabe que eu adoro punir as pessoas e não tenho coragem de deserdá-lo.

Ainda.

Recompondo-me, me afasto da parede e livro-me da minha jaqueta. Em seguida, solto o nó da gravata, retiro-a e a coloco no bolso. Sentindo-me mais relaxado, vou em direção aos elevadores e paro. Vindo em minha direção está a única mulher que eu nunca pensei que veria novamente.

Ela olha para cima e vacila antes de parar à minha frente. É como um momento daqueles filmes que o mundo ao redor de nós parece um borrão e Sam e eu ficamos lá no meio como se estivéssemos em um confronto silencioso.

Um que está acontecendo há dez anos.

Seus olhos verde-esmeralda encaram os meus, e seu cabelo loiro cor de areia cai suavemente ao redor do rosto. Estou impressionado. Ela está ainda mais bonita do que quando era uma jovem e radiante mulher com o mundo a seus pés aos vinte e dois anos.

Samantha Richards, a mulher que uma vez teve todo o poder e se recusou a reconhecê-lo. A mulher que saiu da minha vida e me rejeitou sem nenhuma explicação.

A mulher que me abandonou no momento em que eu mais precisava dela.

Capítulo 3
Se algum dia você voltar

Sam

O tempo para no momento em que encaro Sean no corredor do hospital movimentado. Ficamos lá, nos encarando, pelo que parece uma eternidade, até que meu cérebro volta a funcionar e me viro para ir embora.

— Sammy — diz ele, o que me faz parar. Dou um longo e resignado suspiro e me viro para encará-lo —, o maior arrependimento da minha vida.

— Sean. Quanto tempo que não nos vemos — digo, confiante. Minha mãe sempre me disse para enfrentar cada situação difícil com confiança, graça e uma postura determinada. Parece que esse conselho me fez entrar para a academia de polícia e ganhar o título de "Rainha do Gelo". Infelizmente, a expressão pensativa no rosto dele demonstra que Sean vê por trás dessa fachada.

— Está aqui para visitar alguém? — Seus olhos baixam e o observo fazer uma varredura por todo o meu corpo antes de retornar seus olhos azul-tempestade para os meus. Me seguro para conter o arrepio que passa por mim. Ele ainda me afeta profundamente.

— Sim, meu parceiro e eu fomos os primeiros a chegar à cena hoje quando Ryan foi assaltado — explico. Estou impressionada com a minha habilidade de formular frases coerentes na frente dele, e mais ainda por ser capaz de conversar de maneira inteligente.

Quando ele levanta o braço e aperta a nuca, tenho a oportunidade de observá-lo. Pelo amor de Deus, ele envelheceu muito bem. Não, esqueça isso, ele envelheceu bem *pra caralho*. Seu cabelo castanho-escuro está curto, combinando com a personalidade forte e inflexível que eu sabia que ele tinha.

Quando estávamos juntos, Sean era uma força de comando a ser reconhecida. Ele podia sempre entrar num lugar e ser o dono do local em segundos.

Felicidade Desejada 29

Quando olho seu rosto novamente, encontro seus olhos azuis penetrantes que ameaçam me tirar do sério. Empertigo minha postura, criando uma ilusão de força. Posso afirmar que algo o está incomodando. Sua mandíbula está rígida como se estivesse tentando conter qualquer que seja o sentimento que o está consumindo.

Como um silêncio incômodo surge entre nós, ele levanta uma sobrancelha e seus olhos ficam com pequenas rugas nos cantos.

Ele me flagra analisando-o.

Qual é, você não pode colocar a culpa em mim. Sou uma mulher próxima do auge da vida sexual. Não tenho um orgasmo há quatro dias e estou em frente ao homem que, sem intenção alguma, arruinou qualquer outro homem para mim. Algo que nunca admitirei a ele.

Nunca.

— Você foi a primeira a chegar ao local? — pergunta, incrédulo.

— Foi o que eu disse — respondo. Meu mecanismo de defesa surge por causa do devaneio com Sean, e está colocando sua calcinha e usando-a com orgulho.

Os lindos olhos de Sean se arregalam, mas ele rapidamente se recupera.

— Por quê?

Sei que está me avaliando, observando minhas reações como um falcão.

— Entrei para a academia de polícia depois da faculdade. Estou na Polícia de Chicago desde então. — Essa conversa é tão estranha quanto eu sabia que seria. Conversar com alguém que você não pode admitir que ainda tem um lugar bem no fundo do seu coração é alguma vez fácil? Um homem que nunca te permitiu ter a chance de um futuro juntos? É... não!

— Tenho a impressão de que você ainda é durona. Pelo menos no trabalho, de qualquer forma... — Seu olhar cai para a minha boca, sem perder o momento em que passo a língua pelos meus lábios repentinamente secos. É um hábito de nervosismo que nunca fui capaz de perder, e é óbvio que Sean se lembra disso também porque seus olhos rapidamente estão em chamas antes de voltar para os meus. Ele coloca as mãos nos bolsos da calça e minha atenção cai para o seu peito, seus quadris, seu...

Balanço minha cabeça e pego o breve sorriso irresistível que aparece no canto de sua boca. Merda, ele ainda é um mestre em ler mentes. *Certo, Sam, caia fora. Você está aqui para ver como o Ryan está, depois pode ir para a casa da Helen e se reencontrar com sua amiga vodca.*

Espere um instante.

O que ele quis dizer com "no trabalho, de qualquer forma"?

— Você parece bem, Sam — acrescenta, quebrando de repente um pouco minha armadura com um simples elogio. — Se eu soubesse que você ainda estava em Chicago... Bem, eu teria...

— Estou indo para o quarto do Ryan, para verificar se ele está bem.

Seu corpo estremece e eu definitivamente não perco o olhar de descrença em seu semblante. Ele estuda meu rosto, vasculhando-o minuciosamente.

— Você tem planos para hoje à noite? — Sua confiança é inconfundível enquanto espera pela minha resposta.

Uma inesperada onda de calor passa pelo meu corpo pelo simples fato de ele querer me ver novamente. Ele já me ganhou com apenas uma conversa de cinco minutos. Sinto-me contra a parede, com pouca ou nenhuma opção de ganhar. Meus olhos se arregalam quando miro novamente seus lábios.

— Sim. — Minha voz vacila, e um sorriso lento surge nos lábios dele, dizendo-me que percebeu isso. — Vou para a casa de uma amiga jantar. — Olho meu relógio de pulso e vejo que o horário de visita acabará em breve. — Desculpe-me, Sean, mas é melhor eu ir ver o Ryan antes que o horário de visita termine. Foi ótimo te ver novamente — minto. É emocionante e aterrorizante ao mesmo tempo.

Ele dá um passo para trás, sem parecer abalado ou chocado com minha atitude.

— Entendo — sussurra. — Bem, obrigado por ajudar o Ryan hoje à tarde. Sei que é seu dever, mas ele foi espancado, e deve ter sido bom para ele saber que você estava lá. Sou o dono do clube, então, caso precise de algo... profissionalmente, ou qualquer dúvida que precise ser esclarecida, por favor, não hesite em me procurar. — Ele está no modo profissional agora enquanto puxa um cartão de visita e o estende para mim. Olho para ele e depois para o cartão antes de pegá-lo com as pontas dos dedos. Quando minha mão encosta na dele, a energia entre nós é palpável.

Ajusto minha bolsa no ombro e me empertigo, quase na mesma altura dos olhos desse homem lindo do meu passado. Por uma fração de segundo, isso não me dá esperança alguma de saída. Ele dá um passo à frente e passa os braços ao redor da minha cintura, colocando as mãos nas minhas costas e trazendo meu corpo de encontro ao seu. Beijando minha bochecha, leva sua boca em direção à minha orelha e me arrepio com a sensação de seu hálito quente contra a minha pele.

— Até a próxima, Sammy... — Ele beija o ponto abaixo da minha orelha, fazendo o formigamento virar um tremor que passa pelo meu corpo inteiro de um jeito bom, porém embaraçosamente evidente antes que ele vá embora pelo corredor.

Fico parada lá, abismada, repassando todo o episódio que acabou de acontecer entre nós.

Então eu me dou conta.

Ele sabia.

Um olhar, algumas poucas palavras trocadas e uma pequena interação física e ele saberia.

Puta que pariu. Eu nunca conseguiria enganá-lo, nem com uma simples lorota ou uma mentira por omissão. Ele sempre sabia. Bem no começo ele disse que amava minha postura e meu atrevimento, mas quando éramos apenas nós dois, entre quatro paredes, eu era dele. Bom, a única coisa que eu não poderia admitir para mim mesma naquela época, a parte de mim que ele queria nutrir, acabou de se revelar para Sean em toda a sua glória.

Mas isso está no meu passado, e percebo que há um bom tempo tento o máximo que posso, mas não consigo mudar o que se passou. A única coisa que posso fazer é aprender com isso, e dessa vez é Sean quem está indo embora, não o contrário.

A ironia é um saco às vezes.

Inspiro profundamente e vou até o balcão das enfermeiras, perguntando a direção do quarto de Ryan.

Quando o encontro, ele está encarando a janela, perdido em seus pensamentos. Seu olhar vazio e a boca curvada para baixo não parecem muito naturais em seu rosto. Este é o Ryan, o cara que costumava animar um lugar quando chegava. Ele é a sorte radiante em oposição à intensidade chocante de Sean. A combinação funcionou por um bom tempo. Porém, ao vê-lo deitado na cama de hospital à minha frente, tudo que consigo ver é um homem solitário que parece ter perdido tudo.

— Ryan? — digo, hesitante. Vagarosamente, ele vira a cabeça em minha direção e seu corpo fica tenso em surpresa, e depois relaxa novamente, embora o tremor que ocorre em seguida não me passe despercebido. — Como você está se sentindo? — Minha voz ainda é suave. Tenho muito prática em lidar com vítimas de crime, mas algo me diz que isso é algo mais, algo importante que eu perdi.

Ele dá de ombros e vira a cabeça novamente para a direção da janela.

— Viu meu irmão? — pergunta, sua voz seca e sem nenhum sentimento.

— Sim. Devo admitir que não foi minha coisa favorita no mundo.

— Por quê? Vocês não se veem há o quê... dez anos? — Ele ainda mantém os olhos na janela.

Sento-me na cama ao lado de sua perna e gentilmente coloco minha mão sobre o cobertor, para chamar sua atenção.

— Ry, alguma coisa aconteceu? Com Sean?

Devagar, ele vira o rosto e me encara como se eu tivesse duas cabeças ou algo assim. Seu olho está quase fechado de tão inchado e ele tem uma bandagem ao redor da cabeça, cobrindo o ferimento. Ryan me estuda pelo que parece uma eternidade e pergunta:

— Você está aqui como amiga ou policial, Sam? Porque a resposta disso vai determinar minha resposta à sua pergunta.

Arregalo os olhos, surpresa. Nunca antes me perguntaram isso, então nunca tive que pensar a respeito. Mas Ryan era meu amigo, o irmão de Sean, e, neste momento, acho que precisa de um amigo. Balanço minha cabeça.

— Como amiga, Ryan. Por favor, me diga o que está acontecendo para que eu possa te ajudar.

Ele me dá o menor dos acenos antes de soltar um suspiro longo e lento.

— Sean basicamente lavou as mãos em relação a mim, pouco antes de você chegar.

Ofego. Não, isso não pode estar certo. Os dois são a única família que eles têm.

— Não...

Ele solta uma risadinha e um suspiro de dor.

— Merda, isso dói. Sim, meu irmão finalmente se cansou das minhas merdas. Está cansado de ser o pai, o irmão e o que conserta tudo.

Ele volta a encarar a janela e sei que estou perdendo-o novamente.

— Ryan, Sean te ama. Vocês costumavam ser muito próximos e você está trabalhando no clube. Ele não iria simplesmente embora.

Ele balança a cabeça e me encara.

— Não o viu ir embora uns minutos atrás? Meu Deus! Ele estava gritando tão alto que a enfermeira teve que chamar o segurança. Seu querido Sean decidiu que ele chegou ao limite e o que ele diz é lei, então está me deixando sozinho para lidar com minhas merdas, e não o culpo. Estou com muitas dívidas, e acho que o que aconteceu hoje no clube tinha a ver com isso. Assalto que deu errado é o que parece, mas aquele cara estava lá para me mandar uma mensagem. Bem, a mensagem foi recebida.

Ele respira fundo novamente e dá um suspiro audível.

— Talvez você deva ir, Sammy. Você parece gostar de ir embora quando as coisas ficam difíceis. Ah, espere, não. Você apenas vai embora quando alguém morre e precisamos de você.

Tento engolir para me livrar da massa que se formou em minha garganta. Porra! Não é de se admirar que Sean tenha olhado para mim com cautela, de um jeito que nunca fez antes. Embora provavelmente haja muita raiva ali também. Foi há muito tempo, mas minha saída de suas vidas foi repentina e chocante. Tive que cortar todos os laços do meu próprio coração. Mas isso é história para outra hora.

— Ry, eu não quis que as coisas acontecessem daquele jeito. Desculpa. Um dia, talvez eu te conte sobre isso, mas, honestamente, é algo entre mim e Sean.

Seus olhos me acompanham quando me levanto.

— Desculpe, não é da minha conta. Por favor...

De repente, sou levada até um Ryan de dezessete anos que conheci anos atrás.

— Tenho que ir, Ry. — Pego em meu bolso um cartão de visitas com meu número. — Mas aqui está o meu cartão. Se precisar de mim, ligue. Talvez eu possa te ajudar com Sean. Não sei se ele seria receptivo sobre conversar comigo, mas, se quiser que eu tente, tentarei.

Ver Sean novamente deve ter danificado a porra do meu cérebro. Estou me voluntariando para ser a intermediária entre os irmãos Miller. As maravilhas nunca vão acabar.

Ou talvez, inconscientemente, eu apenas queira ver Sean novamente.

Vodca. Preciso de vodca já.

Capítulo 4
Bebendo para esquecer

Sam

— Mais vooooodkaaaa — balbucio para o meu copo enquanto bebo a quinta dose. Como cheguei aqui?

Enquanto saía do hospital, mandei uma mensagem para Helen dizendo que precisava de uma dose — ou dez! — e que estava a caminho. É por isso que é tão bom ter uma melhor amiga que é exatamente como você. Uma simples mensagem com "Preciso de vodca já. Acabei de ver o Sean" diz tudo que ela precisa saber e o porquê.

No trajeto para a casa dela, eu não conseguia tirar Sean ou nossa não inteiramente inesperada, mas ainda assim surpresa, conversa da minha cabeça.

Sean sempre foi capaz de provocar uma reação em mim. Seja me exasperando, me chocando ou, mais frequentemente que os outros, me deixando excitada apenas com um simples olhar. E eu nunca pude decifrá-lo. Era sempre inesperado, mas de um jeito positivo. Apesar da trágica perda familiar com tão pouca idade, Sean era forte e estava no controle. Tinha sonhos e aspirações, viu o que queria e correu atrás sem hesitar.

E no dia em que nos conhecemos, o que ele quis e correu atrás foi de mim.

Foi no primeiro ano de faculdade. Éramos estudantes de Direito sentados em lado opostos do auditório e prontos para o debate na aula de ciências políticas. O debate improvisado sobre a eficácia do idealismo moderno republicano era animador, irritante e caloroso. O sorriso arrogante e o comportamento descontraído de Sean eram evidentes quando ele trocou farpas e opiniões comigo. No final, o professor teve que nos levar a concordar a discordar, porém,

Felicidade Desejada 37

mesmo do outro lado da sala, nossa química era inegável.

Quando a aula terminou, eu ainda me sentia irritada, com a adrenalina do debate correndo em mim, de modo que eu estava tão distraída que não notei quando ele se aproximou. Quando me levantei, segurando minha mochila e inclinando-me para frente, bati a cabeça no queixo dele.

— Puta merda, mulher, não precisa me machucar. — Recuperei meu equilíbrio e dei um passo para trás, olhando dentro dos olhos azuis mais cativantes que já vi. De perto, o rosto de Sean era todo masculino: anguloso, com um maxilar forte, e os lábios mais beijáveis que já vi. Me perdi em seu olhar, mas não deixei de notar seus lábios se curvando.

Ele estendeu a mão para que eu a apertasse.

— Acredito que não nos conhecemos. Sou Sean Miller, o homem teimoso e argumentador que teve o prazer de debater com você hoje. — Seu sorriso ficou impossivelmente maior enquanto eu fiquei lá, parada, igualmente assustada e excitada com a aproximação gentil dele.

Olho para sua mão, balanço minha cabeça para clarear o torpor por esse cara gostoso que estava ameaçando me dominar, então, aperto-a firmemente. Minha mãe me dizendo para parecer forte e inabalável ecoa na minha mente.

— Sam, Sam Richards. Prazer em conhecer outro aluno tão firme. — Puxo minha mão quando o calor que irradia do corpo alto dele começa a me incomodar. — Desculpe, tenho que ir para a próxima aula.

Ele se afasta para me deixar passar, mas segura meu cotovelo e dá um passo à frente, invadindo meu espaço pessoal. Sua boca está a poucos centímetros do meu rosto.

— Jantar, bebidas, filme, café... Você escolhe e estarei lá, Sam.

Endireito meu corpo para encará-lo. Meu corpo estremece com sua respiração quente em meu rosto. Sim, ele estava *muito* perto.

— Terá que fazer mais do que isso. Um bom sorriso e uma confiança arrogante não o farão ter esse corpinho gostoso na sua cama. Se realmente quer me conhecer, Sean, você dará seu jeito de chamar a minha atenção.

E então fui embora.

Não demorou muito para que ele chamasse a minha atenção. Demorou um pouco mais para ele me levar para a cama, mas essa é uma outra história.

Vinte minutos depois, eu estava no apartamento da Helen, com um sorriso e uma dose recém-servida de sedação, conhecida como vodca com tônica.

— O que ele fez? — pergunta ela, fechando a porta atrás de mim.

— Nada — respondo, dois goles depois de caminhar até a cozinha, onde encontro minha garrafa quase cheia de Grey Goose esperando por mim.

— Você está mentindo — afirma ela, com naturalidade.

— Onde está o Rico? — Começo a servir o segundo copo com uma dose muito generosa de bebida.

— Saiu para correr. Pare de mudar de assunto, Sam. — Ela coloca as mãos nos quadris e me olha com expectativa.

Ignoro-a, bebo minha segunda dose tão rápido quanto a primeira e continuo:

— Graças a Deus! Isso me dá tempo de beber mais algumas doses antes que ele venha com sua sabedoria viril.

Ela ri.

— Bem, alguém tem que fazer você parar. Mantenha esse ritmo e, em meia hora, acabará apagada.

— É o que desejo — murmuro.

— Querida, sirva-se de mais uma dose e venha se sentar. Pelo menos diminua o ritmo, ao invés de tomar em uma golada só.

Rio alto.

— Ah, certo. Deus, quando eu de repente passei a me importar de novo com ele, porra?

Helen pega sua taça de vinho no balcão da cozinha.

— Sam boca suja está em casa, então, a coisa deve ser grave. Pelo menos minha noite será divertida como nenhuma outra coisa seria. — Faço uma carranca por suas costas antes de segui-la até a sala com as garrafas de vodca e tônica. Em seguida, me largo no sofá cinza, que é mais confortável do que

Felicidade Desejada 39

parece. Viro-me e esfrego o rosto no espaldar do sofá.

— Acho que quero casar com seu sofá — digo com um suspiro.

— Puta merda, mulher, quanto de vodca você colocou nesses drinks? Está falando sobre ter um compromisso com um objeto inanimado. Isso *deve* ser ruim.

— O pior. Não... o melhor. Não, espere. Ah, porra, não sei. É a porra do Sean Miller. Amor da minha vida, arrependimento do século. O astro das minhas fantasias. — Olho-a diretamente nos olhos e imediatamente sou contida pela sinceridade e pela preocupação refletidas em seu rosto. — Estou ferrada, não é?

— Ah, acredite em mim, posso adivinhar que você estará ferrada se aquele homem ainda é tão competente em tirar calcinhas como costumava ser. Sammy, você precisa ter controle da situação. Lembro de como você ficou um caco da última vez, mas agora você cresceu. Por que isso a está afetando tanto? — Ela olha para o meu copo e depois para meu rosto.

Inclino-me para frente e me sirvo da dose número quatro. Dou um longo gole e volto a me encostar no futuro sofá dos meus sonhos.

— Ele envelheceu tão bem, Hels. Sério, ele era gostoso na faculdade, muito gostoso. O bom garoto com limitações. Mas agora... agora parece mais sábio, mais digno. E, pelo amor de Deus, o jeito como me olhou? Foi como se pudesse ver através da minha armadura e estivesse estudando a minha alma.

— Então qual é o problema?

— Ele está forte, irresistível e gosta de dominar.

— Isso não é algo novo, querida, e houve uma época em que ele *realmente* costumava fazer isso com você.

Tento aumentar minha confiança bebendo outra dose.

— Certo, bom, sabe o clube onde você pegou o irmão dele hoje?

— Sim, qualquer um com menos de trinta e cinco anos em Chicago conhece a Throb.

— Você sabe sobre o que tem lá em cima?

— A pergunta é como VOCÊ sabe sobre isso?

— Ah, vamos lá, Hels. Sou uma policial, as fofocas se espalham. Mas foi o Zander quem me disse, na verdade. Há quartos privativos lá para... — Levanto minhas mãos e faço aspas no ar. — Coisas.

Com isso, Helen cai na gargalhada e dobra-se ao meio, a ponto de ter que colocar a taça de vinho na mesa e abraçar a si mesma de tanto rir.

Rico chega, ofegante, sem fôlego e fazendo jus a cada pedaço do brasileiro gostoso que ele é. Ao me ver, ele sorri.

— Ei, Sammy. — Então vê Helen rindo muito e inclina a cabeça para o lado, ainda parado em frente à porta agora fechada. — *Minha vida*, o que diabos é tão engraçado? — pergunta, com um sorriso no rosto, em português. Ele dá alguns passos largos até o sofá e se debruça sobre ele, inclinando-se para dar um grande beijo nos lábios sorridentes de Helen.

Olho para eles e suspiro alto e com gosto.

— Essa é nova. O que significa?

Rico olha de Helen para mim, seus olhos cheios de amor e adoração por sua futura esposa.

— Significa minha vida.

Ah, meu Deus, eu quero isso!

— Gente, vocês estão me deixando com ciúmes e tonta. Por favor, voltem com a programação normal e me deixem chafurdar com minha companheira de cama por um tempo — digo, segurando a garrafa de vodca.

Rico dá a volta no sofá e se senta entre nós, sem se importar por estar coberto de suor. Ele passa um braço ao redor do meu ombro e me puxa.

— O que está havendo, Sammy? A bunda de quem eu preciso chutar?

— Minha — murmuro.

— Isso não vai rolar. Tente de novo — responde, com um aperto encorajador.

— Não, espere. — Helen se recupera do seu ataque de risos e fala: — Sam, eu te amo pra cacete e sempre amarei, mas você não é puritana. Sei disso e você também. Então, por que... Ah, que inferno! Por que a "coisa" te deixa desconfortável?

Abro minha boca para responder, mas, ao invés disso, paro e observo o copo vazio em minhas mãos. Aquilo me deixa desconfortável? Ou é simplesmente um caso de culpa oriunda do passado? Merda! Olho para Helen e Rico, que estão esperando minha resposta.

— Merda! — digo alto. — Sabe o quê, Hels, você está certa. Mas Sean está bem acima disso tudo. Uma simples olhada no corredor do hospital e eu fiquei perdida. Digo, derretida como uma poça no chão. Ele parecia estar com raiva, irritado e intenso, mas depois que me viu ele parecia chocado. — Meu estágio de diarreia verbal de bêbada havia começado, pelo que parecia.

— Você precisa vê-lo de novo — Rico declara, diretamente. — Parece que vocês sempre têm assuntos inacabados, Sam. Vocês terminaram e depois você sumiu da vida dele. Disse que era difícil para você. Bem, novidade, querida: se ele estivesse a fim de você como você estava dele, sentiu isso tanto quanto você. Nós, machões, podemos parecer fortes, mas temos sentimentos também, sabe.

— E quanto ao Tanner? — Helen fala.

Estreito meus olhos, confusa com o que meu não-tão-amigo-com-muitos-benefícios tem a ver com isso.

— O que tem ele?

— Ele te deixa toda acesa assim?

— Não! Porra, não!

Rico limpa a garganta e eu o olho e o vejo dando um sorriso de sabe-tudo. Deixo minha cabeça encostar no sofá e gemo, absorvendo as palavras de sabedoria masculina do Rico.

— Rico, você sempre tem que explicar as coisas fazendo tanto sentido, cacete?

— Vejo que a Sam boca suja está aqui. Exatamente quantos drinks ela já bebeu? — pergunta ele a Helen, que começa a gargalhar muito, me levando a rir também. Logo, todos estamos rindo.

Bem, pelo menos, eles o tiraram da minha cabeça, suponho.

Capítulo 5
Aceite-me ou deixe-me

Sean

Depois de sair do hospital, vou para o clube verificar as coisas. Amy tinha tudo sob controle, então, depois que fiz todos os arranjos para cobrir a falta de Ryan, chamei um carro e fui para casa.

Deixo minhas chaves na mesa do corredor e ligo as luzes, antes de me dirigir até as escadas e a sala de estar. Me sirvo de uma bebida, vou até as janelas e me inclino contra elas, observando as luzes da cidade que dançam à minha frente. A loucura da cidade de alguma forma me acalma. Mesmo que eu não seja de Chicago, essa cidade se tornou minha casa e tem meu coração por vinte e um anos. Os Bears, os Cubs, os Bulls, o Lago Michigan, o Cloud Gate, o Parque Wicker, o South Loop, a avenida Michigan... e a lista continua sem fim.

Comprei meu apartamento no centro da cidade. Os tijolos e as pedras foram as primeiras coisas que me conquistaram, depois a madeira polida do piso da sala de estar, o piso de mezanino do quarto que agora chamo de meu, e o telhado, que se abre para os arranha-céus que cercam o prédio. É forte e com personalidade e, mesmo assim, tem um interior acolhedor e receptivo — um santuário no meio de uma metrópole barulhenta. É uma perfeita representação de mim. Um dia, espero ter uma esposa e uma família aqui também. Quero dizer, tenho trinta e três anos. Suponho que esteja na hora de começar a pensar nessas coisas.

Sorrio para mim mesmo por um instante antes que os eventos do dia invadam minha mente. A merda épica do Ryan, e Sammy. Samantha Richards. A inesperada explosão do passado que me abalou profundamente.

Como é possível ela ainda estar em minha pele depois de todos esses anos? Dez anos é muito tempo para esperar. Para falar a verdade, não consigo descrever a miríade de sentimentos que tenho por Sammy. Uma fúria infernal ou uma explosão termonuclear seriam termos mais apropriados. Sempre foi assim conosco.

Quando nos conhecemos, pensei que ela fosse alguém que me entendia, que me aceitava, alguém de quem poderia cuidar e que nos completássemos como yin e yang, dentro e fora do quarto. Então, a dura rejeição dela ao nosso relacionamento — e a mim — apagou qualquer chama entre nós.

Sejamos honestos: eu não tive uma vida exatamente casta depois que ela me deixou. O rompimento me afetou mais do que eu seria capaz de admitir, por isso me joguei com tudo nos estudos e mulheres. Sempre foi assim. Se vejo alguma coisa que me interessa, uma pessoa que me chama atenção, vou atrás dela (ou delas) porque há um tempo aprendi que não se pode confiar em qualquer coisa.

Certifico-me de que a mulher com quem estou tem plena consciência de que é um lance de uma vez só — casual, na melhor das hipóteses — e que seja capaz de me dar o que procuro.

Eu sempre soube que era um dominador. Sim, fui um irmão mais velho que foi forçado a crescer rapidamente quando os pais faleceram, mas foi mais do que isso. Quando conheci Sammy, ela era mal-humorada e atrevida. Ela deu o seu melhor na aula e isso chamou a minha atenção. Quando a chamei para sair, ela recusou, mas me ofereceu um desafio de chamar sua atenção de outras formas.

Nos primeiros dias com Sam, escondi o meu jeito controlador. Por fim, consegui fazer com que ela dissesse sim para um encontro comigo depois de três semanas e um grande buquê de flores sendo entregue em seu apartamento todos os dias por uma semana. Quando começamos a dormir juntos, vagarosamente, mostrei minha verdadeira natureza a ela. A princípio, ela estava hesitante, porém, à medida que íamos pelo caminho da troca benéfica para ambos no quarto e experimentávamos todos os prazeres que eu podia lhe mostrar, ela se soltou. Estava mais feliz, livre e, na melhor das hipóteses, se tornou mais forte fora do quarto, e isso me fez amá-la ainda mais.

Mas, no final, isso não fez diferença.

Sempre suspeitei que ela fosse uma submissa natural. A beleza era que ela não sabia. Era uma segunda natureza dela. Nos conectamos instantaneamente por causa disso. Nossa química era como dinamite. Qualquer que tenha sido a razão pela qual ela terminou comigo, qualquer que seja a mentira que me contou para fazê-la acreditar que estava tomando a decisão certa, este quesito nunca foi o problema.

Para mim, sexo é um ato lindo que deve ser aproveitado. O ato da submissão, ter uma linda mulher desejando se submeter a mim, é um dos melhores presentes. Sou um dominador. Gosto de dominar mulheres durante o sexo. Eu conquistei isso. Não escondo isso e nunca tentei esconder. Não tem nada de depravado ou errado, e existe um número igual de mulheres submissas que adoram ser controladas. Não sigo toda a porra do protocolo BDSM. Para mim, não existe necessidade de apresentar poses, contratos ou discussões sobre limites brandos e rígidos. O que não quer dizer que eu não goste de dar uma palmada boa e erótica quando o momento se apresenta.

O clube tem uma palavra de segurança usada por todos. Há espaços de observação em cada quarto VIP para que o gerente VIP de plantão possa verificar tudo e todos a qualquer momento. Esta é uma das partes importantes do contrato assinado por nossos associados. Entretanto, é da responsabilidade deles negociar os termos com seus parceiros antes de entrar em seus quartos.

Quatro anos atrás, vi uma chance de aumentar meu investimento. Fui atrás de uma casa noturna com situação financeira precária e, no momento em que entrei no largo prédio de dois andares de tijolos, eu sabia que tinha encontrado o que estava procurando.

Throb. Minha casa fora de casa.

Tendo sido membro de vários clubes, decidi misturar negócios com prazer — minha própria boate com quartos VIPs privativos na parte superior, para uso exclusivo. A notoriedade desses quartos VIPs foi o suficiente para trazer uma multidão, e, por quase dois anos, a *Throb* tem sido uma das melhores e mais famosas boates de Chicago. É a boate para ver e ser visto.

Depois do meu apartamento, é o único lugar onde posso ser realmente eu mesmo. Onde não há restrições ou julgamento. Para ser sincero, se as pessoas quiserem julgar a mim e a reputação ilícita do clube, então não deveriam passar pelas portas pretas de mármore. É essa reputação que faz as pessoas virem.

A *Throb* é também o único lugar onde eu brinco. Fiz questão de ter um quarto VIP para uso exclusivo meu. Embora eu diga que nunca levo submissas regulares, houve uma mulher que foi uma exceção: Makenna Lewis. Mas aquela garota é a exceção de todo homem. Ela sempre foi direta ao ponto, caminhando em seu próprio ritmo. Tinha necessidades diferentes e três "amigos" que saciavam essas necessidades. Todos sabíamos do acordo e, segundo Mac, estávamos todos satisfeitos com isso.

Quando chegamos à porta do meu quarto privativo, virei-me e puxei-a para que suas costas ficassem alinhadas com a porta e eu tomasse sua boca descontroladamente. Ela engasgou com minha ferocidade, permitindo que minha língua explorasse sua boca, dando-me acesso e boas-vindas. Lembro de gemer com seu gosto — tequila e limão — e querer devorá-la.

Continuo a provocá-la, usando o beijo como uma promessa de reivindicar seu corpo como meu apenas por aquela noite. Recuo do beijo, suavemente raspando meus dentes por seu lábio inferior, provocando um tremor em Mac que senti viajar por todo o seu corpo.

— Hoje à noite, boneca, você é minha. Entendeu?

Ela assentiu, aparentemente sem fala. Sua respiração estava difícil, fazendo com que meu pau, já duro, ficasse impossivelmente mais duro ainda. Estava ligado pelo poder que ela estava me dando sobre si própria, seu desejo de entregar a si e ao seu corpo a mim, e eu queria mostrar-lhe tudo que eu tinha para dar, consumi-la, levá-la a novas alturas que ela nunca imaginou.

Mesmo com poucas palavras trocadas, eu sabia que Mac era diferente. Não era do tipo pegajosa, mas não era indiferente também. Pareceu-me uma mulher que sabia o que queria e precisava, e diferentemente de Sam, sabia como conseguir isso.

Eu não conseguia tirar meus olhos dela. No momento em que a vi atravessar a boate, sabia que a teria naquela noite. Com uma mão firmemente agarrando seu quadril e a outra apoiada na parede ao lado da sua cabeça, encurralo-a, trazendo meu corpo para perto do seu sem tocá-la. Foco no calor entre nós, a promessa não dita de uma noite cheia de paixão e satisfação. Isso foi em parte para fazer com que confiasse em mim, e em parte para mantê-la fora de equilíbrio.

Retiro minha mão da porta, puxo meu cartão-chave VIP dourado do bolso e abro a porta atrás de mim. Passo o braço por suas costas e oriento seu corpo para dentro, enquanto deslizo minha boca pela sua. Dessa vez, ela me encontra nas investidas. Nos perdemos em nosso beijo — sensual, erótico e muito quente.

Um grunhido retumba em meu peito quando ela aperta ainda mais meu cabelo, segurando os fios como se sua vida dependesse disso e eu fosse sua âncora. Minha luxúria dispara e, num átimo, a porta se fecha completamente, suas costas estão contra ela e eu devoro cada pedaço da sua pele exposta — pescoço, clavícula, aquele ponto embaixo da orelha que todas as vezes deixa as mulheres tremendo.

Reunindo todo o meu autocontrole, tiro minha boca da sua, contornando sua mandíbula até alcançar a orelha, decidindo que era hora de dizer-lhe exatamente o que eu tinha planejado para a gente.

— Você é tão gostosa, boneca! Mal posso esperar para ver sua bunda ficar quente por causa das minhas mãos. De tê-la deitada na minha frente, implorando para ser fodida.

Passo a língua por seu pescoço, afundando meus dentes em sua pele delicada. Havia algo em Mac que apertava todos os meus botões de dominador. No momento em que senti seu corpo derreter contra o meu, submetendo-se ao meu, fiquei ativo. Murmurei minha apreciação pelo seu corpo, prometendo-lhe que ela gozaria forte, diversas vezes — promessas que eu tinha toda a intenção de cumprir. Escorreguei meus dedos pelo tecido do seu vestido, tirando-o vagarosamente por seu ombro, prolongando a experiência para ambos, expondo sua pele macia para o meu olhar faminto. Faço a mesma coisa com o outro ombro até que o vestido caia em sua cintura. Sigo o caminho percorrido pelo tecido com beliscões suaves e beijos de boca aberta, da parte de cima até a de baixo no seu braço até eu ser capaz de usar minha língua para traçar uma linha molhada na curva de seus seios crescentes. Paro sempre nessa parte, para aumentar a antecipação para ambos, e Mac estava tão ansiosamente acesa e perdidamente grata quanto eu. Nesse ponto, ela estava ofegante e sua respiração saía em pequenas doses. Era sexy pra caralho ver uma mulher tão receptiva ao meu toque e à minha boca, e isso foi apenas um bom presságio para quando eu afundei o meu pau profundamente dentro dela.

— Mãos na porta. Não se mexa — comando, quando coloco as mãos em seus seios nus, passando meus dedos por seus mamilos entumecidos através do tecido de seda que os cobre. O gemido rouco de Mac ecoa pelo quarto como uma música erótica em meus ouvidos. — Linda pra cacete, boneca —

murmuro baixo e profundamente, enganchando meus dedos em seu espartilho, puxando-o de forma grosseira e expondo seus seios nus para os meus olhos. Em um lapso de falta de controle no qual não pude racionalizar, mergulhei de boca em sua pele para prová-la antes de sugar os mamilos profundamente em minha boca, raspando os dentes gentilmente em sua pele sensível.

Ela arqueia as costas em minhas mãos e em minha boca, e eu pressiono seu mamilo duro entre a língua e o céu da boca, aumentando a pressão até que escuto seu gratificante gemido. Me afasto, dando alguns passos para trás para encará-la, meus olhos meio abertos e cheios de calor quando tenho a oportunidade de admirá-la.

— Precisamos tirar essas roupas — falo, antes de pegar seu vestido preso em sua cintura e descê-lo por suas pernas até que ela estivesse metade nua na minha frente. Começo a salivar. Com nada menos do que o espartilho mais sexy que já vi e saltos com tiras, ela era tão intensa quanto eu imaginei que seria.

Então, como um ato de sorte, minha noite ficou ainda melhor quando ela perdeu a cabeça e tirou as mãos da porta, esquecendo-se do meu comando de deixá-las lá. Passando-as ao redor dos meus ombros, ela pressionou ainda mais seu corpo contra o meu. Incapaz de resistir, enterrei a boca em seu pescoço e desci uma mão pelo seu corpo, passando por seus quadris antes de encontrar meu alvo: a fenda molhada e quente entre suas pernas.

— Ah, boneca, você está tão molhada para mim. Uma pena que tenha me desobedecido — digo, minha voz baixa e ameaçadora. — Minha mão vai aquecer sua bunda até que implore para que eu esteja dentro de você. — Ela gemeu, encorajando-me, e tive que controlar o meu desejo de me ocupar dentro dela.

Sem dar a ela tempo para que absorvesse o que acabei de prometer fazer, peguei sua mão e guiei-a até a cadeira de couro preta. Sentei-me, deixando-a em pé diante de mim. Meu pau estava pulsando forte contra a minha calça e não perdi o momento em que Mac lambeu os lábios com a vista. Conforme seus olhos viajavam pelo meu corpo, limpei minha garganta, fazendo com que seus olhos voltassem para os meus. Não pude deixar de sorrir; meu efeito nela estava escrito por toda a sua face. Ela queria isso tanto quanto eu, se não mais, e, porra, se isso não era a coisa mais sexy que vi por um longo tempo.

— Agora é a hora de mudar de ideia, Mac. Caso contrário, em menos de trinta segundos terei sua bunda nua deitada no meu colo e minha mão ardendo com a palmada que pretendo lhe dar — falo, levantando uma sobrancelha num desafio mudo.

O que aconteceu em seguida comprovou para mim que Mac era a submissa que eu esperava que fosse. Ela concordou lindamente, e concordar em dar todo o seu corpo e mente para mim foi muito mais do que gratificante. Foi um presente que honrei cada vez que estivemos juntos nos doze meses seguintes.

Na verdade, ela me lembra muito a Sammy. Quando Mac e eu estávamos juntos, ela florescia em minha mão forte e em minha natureza autoritária. Uma vez, ela me disse que aquela foi uma das mais poderosas libertações que já tivera, e que ela saboreava a liberdade que sentia indo para o meu quarto privativo no clube e deixando todas as decisões na porta. A única decisão que teve que tomar foi colocar sua mão na minha na primeira noite que nos conhecemos. Algo que ela fez voluntariamente. Foi sexy pra caralho.

O que me fez ter mais orgulho foi quando Makenna me chamou até sua casa para me avisar que tinha finalmente se apaixonado por um homem, algo que nunca tinha permitido fazer. Nossa relação nunca foi de um compromisso a longo prazo. Não havia sentimentos além da amizade e uma química sexual saudável.

Mas agora, ao ver a minha Sammy, penso em meu próprio conselho, o mesmo que dei a Makenna oito meses atrás.

"Tudo que aconteceu no passado pertence ao passado. Aprenda com isso, cresça e siga em frente. Não o deixe determinar seu futuro."

Se a morte dos meus pais me ensinou algo foi que a vida pode mudar num piscar de olhos, então você tem que vivê-la como se fosse seu último dia na terra.

Se ao menos fosse assim tão fácil...

Capítulo 6
Brincando com o meu coração

Sam

Tive dois gloriosos dias de folga depois de um período de seis turnos. Dois dias que incluíram: eu dormindo no quarto de hóspedes na casa de Helen e Rico com uma enorme ressaca durante metade de um dia, e a outra metade foi gasta com um dia saudável no meu sofá, em frente à televisão, assistindo programas policiais. Sim, eu sei. Não pergunte!

Bom, no outro dia de folga, o último antes de retornar para o serviço — caso você não tenha percebido —, eu não consegui dormir tanto quanto queria. São dez da manhã e já estou acordada há horas. Primeiro, vesti minha roupa de corrida e fui para o Parque Lincoln. Depois, tomei um smoothie detox no meu café favorito e fui para casa trinta minutos mais tarde, sentando no banco de madeira da cozinha e apoiando-me no balcão para ler o jornal. Sei que posso lê-lo on-line, e muitas pessoas o fazem, mas há algo no cheiro do papel do jornal... as manchas do jornal em seus dedos, o dobrar de página após página, dando-lhe o indescritível cheiro que traz várias lembranças, momentos que nunca esquecerei.

De onde estou em minha pequena cozinha, começo a escutar um barulho de vibração estranha vindo do quarto. Tenho um momento de puro horror e então me lembro que:

a) Moro sozinha.

b) Sou uma mulher de trinta e dois anos, então, quem se importa se tenho três vibradores, um ovo vibrante e um par de calcinhas vibrantes que a Helen me desafiou a comprar, certo?

c) Não usei minha coleção de brinquedinhos noite passada porque adormeci no sofá no meio de um episódio de Castle.

d) O barulho não para enquanto estou sentada aqui considerando todos os tipos de vibradores que tenho na primeira gaveta da direita.

Certo...

Pulo e corro até o meu quarto antes que o barulho pare. Que diabos?! Agora nunca saberei. Vasculho meu quarto procurando por algo suspeito e não encontro nada.

Então o barulho recomeça. Fico de quatro, rastejando pelo quarto, procurando a fonte da vibração fantasma, rindo porque agora estou pensando o que acontece com os brinquedos sexuais depois que eles morrem.

Helen teria um dia de munição com essa conversa.

Percebo que o som está vindo da minha cama, então puxo o cobertor, deixando a cama vazia. Levanto meus travesseiros e encontro meu celular vibrando como uma criança no Natal. Alcanço o telefone e deito-me de costas na cama ao mesmo tempo, sentindo-me bem com minha habilidade de responder a ligação e deitar ao mesmo tempo.

— Alô?

— Sam, é você? — Escuto uma voz masculina profunda. Meu coração para por um minuto antes que o homem continue. — É o Ryan. Desculpe, estou te incomodando? Liguei antes, mas você não atendeu.

Solto a respiração que estava segurando. Por que de repente eu esperava que fosse o Sean? Por que Sean me ligaria, de qualquer forma?

Ah, merda, Ryan está esperando.

— Oi, Ryan, desculpe, como está se sentindo?

— Um pouco melhor.

— Que bom. Fico feliz em saber — respondo, sem esconder minha felicidade com sua recuperação. Definitivamente ele me preocupou da última vez que o vi no hospital. Infelizmente, não foi com sua recuperação física que eu estava mais preocupada.

— Sim. Ei, escute... Estou no hospital e eles vão me dar alta hoje. Preciso de um favor.

Vários pensamentos passam pela minha cabeça. E se ele quiser que eu cuide dele? Ou será que precisa que eu faça algo ilegal? Será que me pediria para fazer algo ilegal? Já é ruim o suficiente o fato de ele ter me contado de maneira muito vaga que a invasão na boate provavelmente foi apenas para fazer parecer que foi um roubo. Bom, o que está feito está feito, e, se eu tiver informações pertinentes sobre um crime que pode ou não ter acontecido, como uma oficial da lei, é meu dever passar essa informação adiante, que é exatamente o que farei amanhã de manhã quando for falar com os detetives que estão investigando o caso.

— Ainda está aí, Sammy? — pergunta, quando continuo em silêncio.

— Sim, Ry, apenas esperando para escutar o que você precisa.

— Detesto pedir isso, mas... — Hesita, deixando-me ainda mais ansiosa. Não percebo que estou segurando o telefone tão apertado até que o plástico do exterior começa a escorregar em minha mão. — Hum, será que você poderia me dar uma carona do hospital? Eu, uh, não posso ligar para o Sean e eu, uh, não estou com minha carteira ou com as chaves porque tudo ficou no clube quando me trouxeram.

Ah, graças a Deus!

— Claro, Ryan. Claro. Que horas você precisa que eu esteja aí?

— Em uma hora? Tudo bem?

— Com certeza. Te vejo na sala de espera em uma hora, certo?

Sua voz relaxa e ele volta a parecer livre de preocupação (por enquanto, pelo menos).

— Obrigado, Sammy. Sabia que podia contar contigo.

— Te vejo em breve, Ry. — Desligo e jogo o telefone ao meu lado. Será que de repente estou vivendo em uma dimensão alternativa?

É como na sexta temporada de Lost, com um universo paralelo, e existem duas Sams? Porque se for isso e ela estiver no passado... Deus, tem alguns conselhos que gostaria de dar à Sam alternativa sobre o seu futuro e as decisões que tomará.

Para o nosso primeiro encontro, Sean me disse para vestir algo confortável. Nos encontramos para um almoço em um sábado à tarde e ele não me contou nada sobre o que ele planejava, então vesti um jeans preto apertado e uma camisa branca que eu havia comprado numa loja vintage algumas semanas antes. Finalizei o look com um cachecol arco-íris em volta do pescoço e as pontas soltas. Ei, deixa de besteira, era 2003, sabe!

Sean chegou alguns minutos adiantado, batendo na porta do meu quarto no dormitório um pouco antes do almoço. Quando abri a porta para cumprimentá-lo, demorei um pouco para recuperar o ar. Ele tinha passado gel nos cabelos e feito um moicano, e vestia uma camisa polo verde com uma calça caqui folgada. Pense em Justin Timberlake no início da carreira solo e você acertaria em cheio. De repente, eu não estava me sentindo nervosa com o encontro, mas ansiosa para sair porta afora para que minha melhor amiga e colega de quarto, Helen, não pudesse vê-lo e ficasse babando por ele. E, para ser sincera, eu queria ser vista em público com o homem que parecia sexo ambulante.

Veja, depois de ter sido perseguida por Sean por semanas, eu estava animada com o encontro. Na verdade, eu era uma bagunça borbulhando de excitação durante toda a semana. Helen estava prestes a colocar calmante na minha água só para me acalmar. Mas nada parecia surtir efeito, nem mesmo as ligações da minha mãe imaginando por que eu havia tirado um nove num trabalho que poderia atrapalhar o meu brilho.

— Tchau, Helen — disse, da porta.

— Ei, vadia, espere um minuto. Quero ver esse pedaço de... Ah, merda! Oi. — Seu rosto ficou num tom hilário de vermelho quando ela chegou na porta e deu de cara com o agora sorridente Sean Miller.

— Oi. Helen, certo? — disse ele, estendo a mão para ela. Mesmo aos vinte e dois anos, Sean era todo educado e tratava os outros de maneira correta. Eram valores antigos que seus avós lhe ensinaram, seguindo o que seus falecidos pais ensinaram a ele.

— S-Sim. Oi. Desculpe, sofro de uma debilitada condição chamada vômito verbal. Não use isso contra mim. Bem, a não ser que queira...

Bato no braço dela e rio.

— Helen! — chamo sua atenção, mas sem parar de rir. — Desculpe, Sean, vamos, antes que a *condição* dela piore.

— Tchau. Divirtam-se, crianças. Não se apressem para voltar. — Ela dá um sorriso de merda, levantando as sobrancelhas para mim antes de fechar a porta atrás de nós.

Quando chegamos na rua, Sean segura minha mão, entrelaçando nossos dedos. Um gesto tão simples do dia a dia, mas que fez as borboletas no meu estômago ficarem excitadas de novo.

— Importa-se de caminhar um pouco? — pergunta seguramente. Se tem algo que Sean nunca mostrou ao mundo era a incerteza. Ele sempre foi muito preto no branco, sim ou não, esquerda ou direita. Essa foi uma das coisas que me fez aceitar esse encontro. Ele era teimoso e tenaz como um cachorro com um osso. Não desistiria até que eu concordasse em sair com ele.

Andamos por cerca de dez minutos, parando do lado de fora do Aquário Shedd.

— Ah, uau. É aqui que nós vamos? — pergunto, animada.

Ele ri e puxa minha mão, trazendo meu corpo para mais próximo do seu.

— Queria te impressionar com um primeiro encontro do qual você nunca esqueceria. Primeira parada: o aquário — responde, com um sorriso.

— Isso é fantástico. Nunca vim aqui. — Eu não conseguia parar de sorrir quando entramos. Sean pagou nossos ingressos e passamos as duas horas seguintes explorando as lindas criaturas marinhas e as apresentações.

Quando saímos, já era quase três da tarde e meu estômago roncava alto. Que vergonha! Ainda bem que Sean estava um pouco à frente, conduzindo-me a um restaurante mexicano perto dali.

— Espero que goste de um pouco de quentura — murmura sugestivamente, puxando a cadeira para mim.

— Bem, quanta quentura você consegue lidar, Sean?

Empurrando minha cadeira, ele se inclina até que sua respiração se espalhe sobre a minha orelha.

— Quero o máximo de quentura que você puder me dar. — Aperto minhas coxas uma contra outra e minha respiração falha. O restaurante fica quente como o inferno.

Graças a Deus um garçom interrompe nossa preliminar verbal, mas a semente já tinha sido plantada.

Mais tarde, quando fomos até o meu quarto, eu não queria que o encontro terminasse. A conversa fluiu sem esforço, as faíscas entre nós estavam mais fortes e viciantes, e, toda vez que eu olhava para aquele homem, eu queria pular nele.

Parada na minha porta, viro-me para ele.

— Obrigada por esta tarde. Tive um ótimo dia com você.

Levantando nossas mãos ainda entrelaçadas, ele me puxa de encontro ao seu corpo, passando o outro braço ao redor das minhas costas e me segurando contra ele. Ofego, chocada, e seus olhos perfuram os meus, mostrando tanta paixão que eu fiquei sem palavras. Quando seu olhar desceu para a minha boca, eu sabia que estava perdida. Nada mais importava no momento. Era apenas Sean e eu do lado de fora do meu quarto, prestes a nos beijar pela primeira vez.

Quando ele inclinou o queixo e começou a me beijar suavemente, eu soube que não havia a mínima possibilidade de dizer não a esse homem novamente.

Pulo da cama, tirando todas minhas roupas enquanto vou para o banheiro. Ligo o chuveiro, uma das primeiras coisas que instalei quando comprei o apartamento, e faço meu ritual matinal no espelho:

a) Verifico se tem algum cabelo branco (suspiro)

b) Certifico-me de não estar seguindo o padrão da minha avó, com bigodes de gato no queixo e no buço (definitivamente não é uma tradição que eu quero seguir)

Quando o espelho fica embaçado e o banheiro se enche de vapor, entro no chuveiro. Enquanto me lavo com um sabonete de coco para esfoliação, minha mente vagueia para a época em que Sean me conduzia e eu não era nada além de um violino em sua orquestra. Ele tinha sido mais do que sincero comigo desde o início sobre seu jeito dominante quando se tratava de sexo. Aquilo não tinha sido uma surpresa, na verdade. Tinha algo a ver com o jeito como ele se portava, como falava, com sua voz e como podia alcançar dentro de você e brincar contigo como se fosse uma marionete. Nos completávamos um ao outro lindamente, mas não mais do que no sexo. O cara conseguia deixar meu corpo em chamas como ninguém mais. Na verdade, ninguém depois dele me fez sentir novamente algo sequer próximo da intensa paixão que pulsava entre nós.

Sem perceber, minhas mãos cheias de sabão haviam vagado, tornando-se extremamente conscientes do meu jardim feminino latejante...

Sim, eu disse jardim feminino. Isso não é sexy?

Já parou para pensar como você chamaria sua vagina se tivesse escolha? Chamaria de Gretel, ou Elizabeth? Ou lhe daria um nome carinhoso, como pétala ou querida? Você pensa como homem e a chama de boceta? Ou é como eu, que teve uma educação um pouco rígida com uma mãe militar controladora, que não queria ouvir nada sobre "partes femininas" e "partes masculinas". Sim, você leu certo. "Nunca deixe um estranho tocar seu jardim, Samantha", ela me dizia. Olhando para trás, é impressionante que eu já tenha feito sexo.

Subconscientemente, meus dedos atacam minha pele sensível enquanto me lembro de tudo que era bom em Sean uma década atrás. O jeito que ele deixava a barba crescer um dia a mais e como ele sabia o quanto eu amava quando as pontas grossas dela raspavam na minha pele quando ele percorria o meu corpo, fazendo-me arrepiar de prazer enquanto saboreava a fricção; o jeito como exigia minha atenção o tempo todo quando me chupava; como nos encarávamos enquanto enfiava a língua fundo dentro de mim; como me deixava louca de desejo; a forma como ele me deixava tão louca de prazer que eu gritava para as paredes quando atingia o clímax, geralmente múltiplas vezes. É então que me lembro daqueles olhos azuis brilhantes fixos em mim, desejando que eu gozasse. A memória é demais e meu corpo pulsa em ondas quando meu orgasmo chega. Puta merda. Até mesmo na minha mente Sean é tão bom quanto sempre foi. Acho que minha força de vontade relativa a homens dominantes e fortes está sob ataque.

Faço uma nota mental para ligar para o Tanner e marcar um encontro com ele em alguma noite nessa semana.

Quando estou vestida e pronta para sair, procuro no Google o número do escritório do Sean e telefono, enquanto vou até a garagem.

— Escritório de Sean Miller. Como posso lhe ajudar? — responde uma voz insolente.

— Oi. Preciso falar com o Sean — digo rapidamente, soando um pouco mais irritada do que quero, mas a arrogância e eu não nos damos muito bem.

A senhorita com voz de brinquedo de cachorro (novo nome) responde:

— Desculpe, mas o Senhor Miller está trabalhando em casa hoje. Posso anotar sua mensagem para entregar a ele amanhã?

— Não, tudo bem. É Sam Richards, do Departamento da Polícia de Chicago. Só queria verificar como estão as coisas depois do assalto no outro dia. Não tenho dúvidas de que um dos detetives do caso entrará em contato com o senhor Miller assim que tiverem concluído a investigação. De qualquer jeito, obrigada. — Desligo tão rápido que a orelha dela deve ter recebido uma chicotada.

Merda! Verifico meu relógio e vejo que estou atrasada, depois do meu banho estendido. Ligo o carro e sigo para o hospital, ainda sem ter certeza se me envolver na vida dos homens Miller é uma decisão sábia ou não.

Gato escaldado tem medo de água fria.

Pelo menos uma coisa boa veio dessa manhã.

Agora sei para onde levar Ryan.

Capítulo 7
A Alma Mais Solitária

Sean

Sentado no meu escritório em casa, eu deveria estar trabalhando no caso complexo de aquisição. Ao invés disso, estou encarando a janela, olhando a vista do lago Shore East Park diante de mim. É hora do almoço de uma quinta-feira, e o parque está cheio de engravatados que escaparam do confinamento de seus prédios atrás de um ar puro e luz do sol. A ideia de que as pessoas gostam de sair para respirar ar fresco e que isso lhes dá uma sensação de liberdade me faz sorrir. Eu costumava ser assim: um estagiário, depois um associado, e, muito antes do previsto, um sócio. Agora, posso cobrar alto, ir mais fundo, e, geralmente, posso determinar se o caso vai ou não a julgamento. Tem sido difícil, mas todo o meu trabalho compensou, apesar da perda dos meus pais, dos meus avós, da...

De qualquer forma, a única coisa, a única *pessoa* com quem tenho que lidar é o Ryan.

Olho para o relógio pendurado na parede do meu escritório. Ryan deve receber alta por essa hora. Não sei disso porque Ryan me ligou e perguntou se eu poderia ir buscá-lo, mas por causa da conta que o responsável pelo faturamento me ligou pedindo os detalhes para o pagamento. Claro que eu paguei, eu *sempre* pago quando se trata do Ryan. Seja com dinheiro ou com orgulho, alguém sempre paga.

Inclino-me na minha cadeira de couro, levantando as pernas e apoiando-as em cima da mesa, cruzando os tornozelos enquanto pego minha xícara de café e reflito como minha vida está. Farei trinta e quatro anos em um mês. Trinta e quatro com uma vista de um milhão de dólares, uma carreira de sucesso e uma boate que continua crescendo em popularidade, mas o que mais eu tenho?

O que meu avô pensaria sobre a minha vida? Ele era um homem justo e bom, que acreditava em colher as recompensas do trabalho duro e que tentou incutir a mesma filosofia em nós dois, mas Ryan nunca foi o tipo de pessoa que queria trabalhar duro para conseguir o que queria. Mesmo quando jovem, ele procurava a gratificação instantânea.

Talvez por isso apostar tenha se tornado sua escolha de vício. Eu sei, ele poderia ter escolhido algo pior, mas seu vício e sua necessidade de ser salvo invadem meu tempo e meu trabalho, então, tive que cortar meus prejuízos. Irmão ou não, ele precisa salvar a si mesmo, manter-se por si só e não ter a mim ou o meu trabalho duro apoiando-o.

Mas velhos hábitos nunca morrem e fico pensando aonde Ryan vai. Liguei para seu senhorio na terça-feira de manhã e paguei o mês atual do aluguel, que estava atrasado. Isso não quer dizer que não o farei trabalhar para me pagar de volta, mas não sou sem coração a ponto de deixá-lo desabrigado também. Liguei para sua antiga terapeuta e ela vai me enviar os detalhes sobre as Reuniões dos Apostadores Anônimos para que ele possa ir. Não posso forçá-lo a ter alguma ajuda, mas, se ele quiser que eu o ajude, precisa ter alguma iniciativa. Fazer algo para pagar suas dívidas seria um bom começo, porém, quando ele estiver recuperado e de volta em casa, vou aparecer por lá e teremos uma conversa.

Entretanto, minha explosão no hospital não deixa de ser verdade. Estou cansado de estar preso no papel de pai, ao invés de irmão, o que significa que algo tem que mudar. Só espero que Ryan tome a iniciativa dessa vez, com um pouco de encorajamento meu.

A campainha tocando me tira dos meus pensamentos. Dou um gole no meu café e toco a tela do computador, quase cuspindo o líquido quando vejo Samantha e Ryan parados na porta do meu apartamento. Encaro a tela em choque, mas não por causa do Ryan. O fato de que ele está com a Sammy, a minha Sammy, é que me incomoda.

Pensei que fosse estranho ela aparecer no hospital para ver como ele estava, mas fiquei feliz pra caralho que ela o tenha feito e, assim, tive a chance de vê-la novamente. Eu quis dizer cada palavra que eu disse quando mencionei que a veria em breve, porém dois dias depois e com meu irmão na minha porta não era o que tinha em mente.

Dirijo-me para a sala de estar, descendo as escadas de madeira que conduzem à entrada, e hesito por um momento, segurando a raiva que tenho de Ryan enquanto tento entender o que ele quer, trazendo a Sam para minha porta. Não por minha causa, claro, mas por ela.

Abro a porta e os olhos radiantes dela me cativam mais uma vez.

— Samantha, que bom vê-la novamente. Duas vezes em uma semana é uma agradável surpresa. — Olho além dela e vejo um Ryan envergonhado segurando uma bolsa no peito. Seus olhos estão grudados no chão, recusando-se a encontrar os meus. — Ryan — digo, com a voz baixa e tensa.

Samantha limpa a garganta e olha diretamente em meus olhos.

— Olha, sei que não estava nos esperando, mas, quando liguei para seu escritório, disseram...

Minha cabeça vai para trás.

— Você ligou para o meu escritório?

— Sim, disseram que você estava trabalhando em casa, então, quando Ryan me disse que ele não poderia voltar para casa agora, pensei que estaria tudo bem se o trouxesse para cá.

Lanço um olhar ameaçador para Ryan antes de conduzi-los para dentro. Ryan entra primeiro, seguido por Sam. Não perco a oportunidade de ver sua bunda perfeita em forma de pêssego. Imagens das minhas mãos esfregando-a aparecem em minha mente e tenho que pensar em banhos gelados e velhinhas enrugadas para acalmar meu sangue que está indo para a parte de baixo do meu corpo. Incrível como ela *ainda* me afeta assim.

Quando chegamos à sala, vou até a parte de trás do balcão da cozinha, dando a mim mesmo um tempo para deixar meu corpo num estado mais relaxado. Ryan para no balcão e joga sua bagagem no chão antes de se sentar num banquinho. Para ser sincero, ele parece meio desgastado. Não deve ter saído do hospital mais do que uma hora antes.

— Gostariam de beber alguma coisa? Café, suco, vinho, talvez?

Ryan me olha de forma suspeita. Sua sobrancelha levanta numa pergunta silenciosa.

— Cerveja, Ry? — Vejo-o levantar o queixo antes de eu me virar para Sam, que educadamente balança a cabeça, dizendo que não e se senta em meu sofá de couro. Pego uma cerveja do freezer, abro-a com um abridor que pego na gaveta e depois a entrego a Ryan. Encosto no balcão e dou um longo suspiro, me preparando mentalmente para o que quer que eu venha a escutar.

— Como você está? — pergunto, quando ele finalmente me olha nos olhos.

— Melhor. Ainda dolorido, mas o médico disse que devo estar bom para trabalhar na semana que vem. — Balanço a cabeça, concordando antes de virar-me para Sam.

— Ryan, quer começar? — Sam pergunta. Ele balança a cabeça em negativa e dá um longo gole em sua cerveja. Estudo-o, reconhecendo todos os sinais de um homem que ainda não aceita as consequências de seus atos. Parece que meu ultimato no hospital ainda não surtiu efeito. Meu humor começa a piorar quando escuto a voz suave de Sam se infiltrar no silêncio novamente.

— Certo. Bem, o Ryan me ligou hoje de manhã porque não podia ligar para você. As coisas dele estavam no bar, e ele me pediu que eu o pegasse. Tive a ideia de ligar para o seu escritório e foi quando me disseram que você estava trabalhando em casa. Pedi a Ryan o seu endereço e aqui estamos. — Ela está agindo como policial. Por mais que seu profissionalismo seja honrável, ele me irrita quando está direcionado a mim, dentre todas as pessoas.

— Como posso ajudar, então? — falo, rangendo os dentes. A sala está cheia de tensão. Posso ver Ryan pela minha visão periférica. Sua mão está segurando a garrafa como se sua vida dependesse disso.

— Bem... — Ela se remexe em seu assento. — No carro, Ryan me explicou como não se sente seguro em seu apartamento por causa do que está acontecendo com ele. Me explicou seu problema de vício e que gostaria de ajuda. — Quanto mais ela fala, mais seu comportamento melhora. Encontrou seu ritmo agora e eu não poderia estar mais orgulhoso. — Acho que Ryan deveria ficar com você. — Abro minha boca para argumentar, mas ela não para de falar. — E, quando estiver fisicamente mais forte, ambos podem se sentar e discutir quais as opções em relação à terapia, os Apostadores Anônimos ou algo similar, e sobre se ele ainda tem um emprego.

Encaro-a. Tudo que eu ia falar com o Ryan para que ele pudesse ter alguma ajuda com o seu vício já foi dito pela Sam na pequena viagem do hospital até aqui. A mulher na minha frente teve o milagroso sucesso que eu não tive no passado, que era fazer Ryan concordar em ser ajudado.

Viro-me para Ryan e percebo que ele está visivelmente relaxado desde que a Sam terminou de falar. Não posso deixar de suavizar minha expressão quando percebo que ele estava realmente preocupado que eu não fosse ajudá-lo. Talvez ele realmente tenha levado minhas palavras a sério no outro dia.

— Certo.

— Certo? — ele fala, sua voz saindo rouca e cheia de emoções não ditas.

— Sim, Ry. Pode ficar aqui por uns dias. Seu aluguel já está pago até o mês que vem, e seu senhorio atualizou recentemente o sistema de segurança, então tenho certeza de que você estará seguro lá, mas você acabou de ter alta do hospital e está com algumas costelas quebradas e um ferimento na cabeça. Pode ficar no quarto de hóspedes ao lado do meu escritório até que esteja recuperado, mas não terá visitas, computador ou celular. Nenhum tipo de acesso para que possa apostar. Isso sou eu dando ao meu irmão mais novo uma última chance, já que hoje você me deu um raio de esperança demonstrando que pode enxergar mais longe dessa vez.

Ele balança a cabeça.

— Obrigado, irmão. Estou exausto. Vou deitar, se estiver tudo bem.

— Boa ideia. Vou acordá-lo antes de ir para o clube. Talvez jantemos juntos?

— Ótimo. — Sua voz está decididamente mais animada quando me responde. Ele se levanta, pega a bolsa e vira-se para Sam. — Obrigado, Sammy, estou realmente grato por ter me buscado no hospital.

— De nada, Ryan. Ligarei par ver se está tudo bem com você. — O sorriso que lança a ele me deixa cego. Sou invadido por memórias do tempo em que ela me olhava desse jeito. É como um murro na minha cara. Quero aquele sorriso direcionado a mim novamente, e até parece que não usarei todas as armas em meu arsenal para que isso aconteça.

Depois que Ryan se foi, ela se levanta, e tenho que escolher se a deixo ir novamente ou invisto na minha ideia.

Contorno o balcão e casualmente me encosto nele, sem tirar meus olhos dela. É perceptível que ela estremece sob meu olhar e abaixa os olhos antes que seu corpo fique tenso, dando-se conta do que acabou de acontecer. Ela se afasta de mim, caminhando em direção à janela que vai do chão ao teto e dá vista para a rua e para o parque.

— Claramente isso não é outra coincidência, Samantha. O hospital pode ter sido, mas dessa vez você sabia que iria me ver novamente...

— Estou ajudando o Ryan — responde ela, rapidamente.

Como sempre, ela está mostrando todas as suas emoções. Nunca foi capaz de esconder muito bem seus sentimentos, algo que sei que foi usado contra ela em seu passado. Como o término do nosso relacionamento.

— E lhe agradeço por isso, mas Ryan é um garoto crescido que precisa cuidar de si mesmo, o que eu disse a ele naquela noite, antes que nos encontrássemos no corredor.

— Sean, ele precisa de ajuda. É seu irmão, sua única família...

— Estou perfeitamente ciente desse fato, mas é uma via de mão dupla. O que fico imaginando é quando realmente digo que basta é basta?

— Quando não há outras opções.

— Foi isso o que você fez, Sammy?

— O quê? — Ela está na defensiva e vira para me encarar.

Endireito-me, colocando os ombros para trás, preparando-me para duas situações possíveis.

a) Ela foge

Ou

b) Me enfrenta.

Nenhuma das duas opções vai me deter ou me afastar, para ser sincero comigo mesmo.

— Quando você terminou as coisas entre nós?

— Isso foi há dez anos...

— Foi, ainda assim, vê-la novamente depois de todo esse tempo me fez lembrar o que aconteceu entre nós... — Me aproximo dela sem terminar a frase.

Seus olhos se arregalam, depois buscam diretamente a escada que conduz à entrada.

Balanço a cabeça, reconhecendo seu reflexo de fugir sob ameaça.

— Ah, Samantha. Você não tem escapatória dessa vez. Deixei-a escapar uma vez e não estou muito interessado em ver a mulher que ainda está profundamente enraizada em mim desaparecer por mais dez anos sem me dar algumas respostas.

— Sean, eu...

Paro a uma curta distância dela, colocando minhas mãos nos bolsos enquanto passeio meus olhos por seus pés, suas pernas longas, bronzeadas e sexy em um jeans preto, sua camiseta branca, e um pingente de esmeralda muito familiar, pendurado num cordão de prata ao redor de seu pescoço. Tento rapidamente esconder o meu choque. Ela ainda tem o cordão que eu lhe dei em nosso aniversário de um ano. O mesmo que minha avó me entregou para dar a ela. Um pedaço do meu coração que ela mantém perto do dela, depois de todos esses anos, apesar de ter terminado comigo, *conosco*. Com certeza isso não pode ser uma coincidência.

Minha avaliação para quando meus olhos encontram os dela e não posso evitar sorrir quando eles se voltam para o chão minutos depois, mas não antes que eu possa ver aquela chama da qual eu tive um vislumbre na outra noite, um momento de reconhecimento que vi através da sua defesa.

Ao se dar conta de que está encurralada, ela muda de tática.

— Olha, eu só queria deixar o Ryan aqui, e parece que ele está bem. Eu tenho muito o que fazer antes de começar a trabalhar amanhã. — Ela olha para mim com um sorriso falso que não chega a seus olhos e dá um passo para o lado com o intuito de passar por mim.

Estendo o braço e gentilmente seguro seu braço.

— Sammy — murmuro numa voz baixa e controlada. Nós dois olhamos para a minha mão que está segurando sua pele nua. A eletricidade faísca entre nós como um zumbido entre duas fontes de energia; a força da nossa conexão ainda é um choque excitante. Vejo seu peito subir e descer, e sua respiração se tornar mais acelerada e curta.

— Você pode continuar negando isso, mas não irei embora dessa vez. Não deixarei que se afaste sem pelo menos jantar comigo.

— O quê?

— Jantar. Duas pessoas se encontrando num restaurante onde elas desfrutam de uma refeição e talvez uma ou duas taças de vinho. Elas conversam, riem e compartilham o que tem acontecido em suas vidas pela última década.

É algo comum, creio eu. — Não tento esconder o humor velado em minha voz. A reação dela me diz que está em sintonia com a minha natureza e está totalmente ciente de que ainda está tentando negar esse fato, mas está falhando em esconder que ainda se sente atraída por mim. Isso é bem óbvio.

— Estou bem ciente do que jantar significa — diz.

Sorrio com a repentina redescoberta de seu atrevimento.

— Então, me encontrará essa semana para jantarmos? Pelos velhos tempos. Um brinde aos velhos amigos.

— Nunca fomos apenas amigos, Sean.

— Não, não fomos. — Minha resposta é direta e contundente, e minha voz é forte e inabalável. — Mas espero descobrir como estamos agora, Sammy, porque... — Solto seu braço e dou um passo à frente, nossos corpos tão perto que consigo sentir o calor irradiando dela, mas Sammy apenas encara meu peito, suas sobrancelhas franzindo enquanto tenta processar nossa proximidade. — Tenho a plena intenção de descobrir o que aprendemos nesses anos que estivemos separados. Se seus olhos ainda ficam escuros quando uso as palavras que acariciam sua alma. Se você ainda fica tão deslumbrante como quando a excito e finalmente... — Paro e levanto minha mão entre nós, usando meu indicador para levantar seu queixo até fazê-la encontrar meu olhar. O desejo que estou sentindo se reflete nela e seguro um gemido quando sua língua passa por seus lábios afastados. Nossos olhos não se desgrudam. Nenhum de nós quer se afastar. Percebo que a atração que essa mulher tem sobre mim é tão forte quanto era antes.

Quando continuo, minha voz está baixa e áspera.

— Quero saber se ainda gritará meu nome até que sua voz esteja rouca quando minha boca estiver em você... — Inclino-me gentilmente, depositando um beijo suave em seus lábios vermelhos e macios antes de beijar sua bochecha do mesmo jeito, sussurrando em seguida em seu ouvido: — Se ainda treme quando meu pau está enterrado em você, com nossos corpos tão próximos que não conseguimos distinguir onde termina o seu e começa o meu.

Os olhos dela escurecem e seu corpo inconscientemente se aproxima do meu. Percebo que, se eu não parar agora, vou forçá-la a ir muito longe e muito rápido. Dou um passo para trás e tento refrear o desejo que pulsa em meu corpo. Ela olha para baixo e vê *exatamente* como estou me sentindo agora, e, quando seus olhos voltam para os meus, decido insistir, usando toda a confiança e bravata pelas quais sou conhecido nos tribunais.

— Mas essas são coisas que podemos discutir num jantar. Ligarei para informá-la sobre os detalhes da reserva. Agora devo checar o meu hóspede improvisado antes de voltar para o meu caso. Precisa que te mostre a saída?

Ela me olha por um segundo antes de responder sem fôlego:

— Não.

Pro inferno se não senti isso na minha virilha.

Aceno brevemente com a cabeça antes de virar e seguir pelo corredor. A corda pode ter se esticado demais entre nós enquanto eu saía, mas não antes que eu sinta um estalo e a recolha.

Minha semana parece repentinamente melhor.

Capítulo 8
Não me lembro de te esquecer

Sam

— Em que porra eu estava pensando, Helen? Jantar com Sean? Sério? Vou ligar para cancelar.

— Não, não vai mesmo, porra! Você vai terminar de se vestir, vai ao restaurante e vai mostrar a Sean Miller que está ainda melhor do que costumava ser. Vai se sentar e ter uma refeição amigável com esse homem. Será cordial, sagaz, charmosa e engraçada. Todas essas coisas que sabemos que você consegue ser. Não vai cancelar, não vai afastá-lo e, repita depois de mim: *não* irá para a cama com ele.

— Mas... o quê?

— Você me escutou...

— Helen, nunca que isso irá acontecer. É um jantar entre velhos amigos.

— Vocês nunca foram velhos amigos. Foram feitos um para o outro. Bem, eu *achava* que sim até que as dúvidas remanescentes em sua cabeça foram alimentadas e você estragou tudo.

— Por que mesmo eu sou sua amiga? — pergunto, meio séria e meio que desviando o assunto. Claro que ela está certa, mas estou afastando a necessidade de admitir que ela está cem por cento certa.

— Porque você me ama e eu sou a irritante voz da razão em sua cabeça, que você precisa escutar quando está pensando em ser uma idiota. — Ela sorri, e eu luto para não sorrir de volta. — Viu? É por isso que precisa me escutar. Uma boa conversa com a Helen antes do grande jogo.

— Jogo?

— Você e Sean. Eu adoraria ser uma mosquinha para ir ao restaurante. Só sei que a tensão sexual vai ser épica. — Ela bate palmas de felicidade. — Estou

Felicidade Desejada 69

meio que feliz que finalmente um homem com bolas de verdade entrará na sua vida novamente.

— Helen! — rosno.

— O quê? Você não pode dizer que o Tanner não é um molenga. Já vi esse cara por aí e já o vi com você. Ele é um coitado que a deixaria espancá-lo e arrancar suas bolas, literalmente.

— Ele *não* é um molenga na cama. Mas o é fora dela — digo, com um sorriso.

Penso na noite passada, quando Tanner apareceu na minha porta, interrompendo meu episódio de CSI New York.

— Tanner — sussurro com um bocejo ao atender a porta, usando uma regata, o short do pijama e um chinelo macio roxo. Aparecer sem avisar não era algo incomum para ele, mas, como tinha um jantar com o Sean na noite seguinte, eu não estava com humor para companhia. Mudei de ideia quando Tanner me deu um pote de Ben & Jerry's sabor Caramelo Sutra. Ele tinha o sorriso mais lindo no rosto, por isso eu não poderia mandá-lo embora, poderia?

— Baby, você não respondeu minha mensagem, então pensei em vir aqui com uma sobremesa. Está tudo bem, né?

Tanner, o cara doce, gostoso pra caralho, sensível para um cara na sua idade, tem frequentado bastante a minha cama nos últimos meses. Ele chamou a minha atenção quando eu estava na academia, trabalhando como treinadora de campo. Eu precisava malhar e decidi me juntar ao bando de recrutas que estava se exercitando em um circuito de treinamento. Quando Tanner se ajoelhou à minha frente e manteve meus pés no chão para que eu fizesse alguns abdominais, foi um daqueles momentos dignos quando nossos olhos se encontram, o ar entre nós estala e seu enorme sorriso branco me atinge.

Para o grande desgosto de Tanner, eu só podia oferecer uma relação física, não emocional. Saímos para tomar um drink depois do serviço e expliquei isso a ele. Depois do encontro improvisado, ele foi um perfeito cavalheiro e me acompanhou até em casa. Então se aproximou de mim, fazendo com que eu encostasse minhas costas na porta de madeira, e começou a me beijar feito louco. Foi suave, quase cauteloso no início, mas, quando abri a boca para retribuir, ele veio com tudo. As investidas longas e lânguidas da sua língua exploravam minha boca com tanto entusiasmo e paixão que fiquei atordoada quando ele finalmente se afastou, encostando a testa na minha enquanto se recuperava. Quando sussurrei em seu ouvido se queria entrar comigo, ele se endireitou e me encarou. Seus olhos se arregalaram de surpresa antes de ele me abraçar e empurrar a porta para que ela se abrisse. Gentilmente, ele me conduziu para dentro e fechou a porta. Não acho que chegamos ao quarto naquela primeira vez, ou na segunda. Mas, na terceira rodada, já estávamos naquele estágio preguiçoso e sonolento após o sexo e a cama era o lugar mais confortável para irmos.

Essa foi a primeira de muitas noites que Tanner e eu acabamos juntos na cama. Ocasionalmente, malhávamos juntos, dividíamos uma refeição às vezes e íamos a alguns eventos de trabalho como o acompanhante um do outro, mas sempre foi uma relação de "amigos com benefícios". Sei que Tanner quer mais, sempre quis mais, e nunca deixei de perceber seu olhar de admiração quando ele acha que não estou olhando.

Mas o Tanner, apesar de todas as suas qualidades fantásticas dentro e fora do quarto, não é o que o meu coração realmente deseja. Ele me excita, mas não faz meu sangue *ferver*. Tem a resistência de um adolescente e aguenta várias e várias vezes, mas não fico cheia de necessidades, desesperada por ser tocada ou por transar com ele.

Só um homem teve esse efeito em mim. E minha reação a ele, bem como as ideias que foram plantadas em minha cabeça, que permiti criarem raízes, são os motivos pelos quais sempre corri dele todos esses anos. Não que ele saiba disso.

Com a memorável visita de Sean hoje mais cedo, quando Tanner se aproximou de mim no sofá e começou a acariciar minha perna nua, movendo seus dedos em círculos suaves e amplos cada vez mais altos, tive que dar um basta. Não havia jeito algum de transar com Tanner quando o único homem na minha cabeça tinha cabelo escuro e um olhar azul dominante que fazia meu corpo queimar com as palavras ditas e as promessas não ditas.

Então aqui estou, às sete e meia de uma sexta-feira à noite, ajeitando os últimos detalhes da minha maquiagem, enquanto Helen age como o bom anjo em meu ombro. Sean me ligou ontem à tarde, dizendo que tinha feito uma reserva para as oito horas para nós. Quando tentei sondar por mais informações, ele riu e chamou meu entusiasmo de cativante.

Só para constar: a risada de Sean… na verdade, qualquer coisa parecida com uma risada é tão rara quanto a aparição do Pé Grande. Acontece, mas é tão raro e ocorre tão pouco que torna algo bonito de se ver e ouvir quando acontece. Não é que ele fosse tão severo que não podia ou não quisesse rir. Não, o Sean do meu passado tinha uma intensidade, uma presença capaz de ser sentida quando estava junto de você. Era como um assassino silencioso. Ele podia sentar e estudar as pessoas, tentando fazer uma leitura delas sem dizer uma única palavra. E, pelo que vi do Sean de hoje, essa intensidade aumentou umas dez vezes com um limite carnal que é demais para lidar... e, ainda assim, é irresistível.

— Terra para Sammmmmm — Helen me chama, de forma brincalhona, e volto para realidade.

Balanço a cabeça para tirar Sean dos meus pensamentos momentaneamente.

— Sam, sério, querida. Não pense demais nisso. Apenas siga seus instintos. Como você disse, mesmo que eu não acredite em você, são apenas dois amigos jantando e conversando sobre o que perderam na vida um do outro. Apenas seja cautelosa, ok? E o que quer que faça, não deixe o que aconteceu no passado impedi-la de qualquer coisa agora. Arrependimento é uma emoção desnecessária a não ser que se aprenda algo com isso. No seu caso, você...

— Aprendi a não escutar tudo o que me dizem e a tomar a porra das minhas próprias decisões, ao invés de escutar os outros — termino de dizer por ela.

Helen levanta da minha cama, onde estava deitada, e vai até a penteadeira, onde estou me arrumando. Ela fica parada atrás de mim, coloca a mão em meu braço e me olha no espelho. Seu olhar suaviza, seus olhos cheios de compreensão.

— Você sabe...

— Sim — respondo. — Pensei nisso depois que o dano já tinha sido feito. Mas, naquela época, eu já o tinha visto na festa do dormitório com Jennifer Murray, e o resto é história, como dizem. Você lembra dessa noite. Foi contigo que eu fiquei chorando. — Dou-lhe um meio-sorriso carinhoso e ela me aperta gentilmente para me encorajar no mesmo instante que a campainha toca.

— Bem, não existe nenhuma Jennifer agora, não é? — Ela levanta e abaixa as sobrancelhas e nós duas gargalhamos.

Capítulo 9
Desculpe parece ser a palavra mais difícil

Sean

Por todo o dia, quis que o tempo acelerasse. Da última vez que vi Sammy, ela estava estonteante no meio da minha sala de estar parecendo sem palavras e com tesão. Quando liguei ontem para confirmar o jantar de hoje à noite, ela pareceu surpresa por eu ter telefonado tão cedo. Estranhamente, ela não perguntou como consegui seu número. Acredito que ela imaginou que o peguei com Ryan.

Falando sobre meu irmão mais novo errante, ele está fechado em si mesmo nos últimos dois dias. Nós ajeitamos tudo para que ele voltasse a trabalhar na próxima terça-feira, e, neste final de semana, vou me encontrar com meu investigador particular para acionar algumas medidas para me proteger caso as coisas comecem a se virar contra mim. Já lhe pedi que olhasse nos casos de Ryan e tentasse descobrir exatamente com o que e com quem estamos lidando e espero que ele tenha algumas respostas para mim quando nos encontrarmos.

Até lá, tenho a companhia da adorável senhorita Richards para me concentrar. Não estou nervoso sobre o jantar. Na verdade, estou empolgado para descobrir tudo que aconteceu na vida dela desde que terminamos.

Pode parecer que há esse enorme mistério sobre por que Sam terminou nosso relacionamento e nunca mais falou comigo, mas é por isso que é um mistério para mim. Mas espero aprender muito mais sobre isso me reconectando com ela novamente. Entretanto, eu realmente quis dizer o que disse ontem. Vê-la novamente reacendeu algo dentro de mim, algo que tinha sido eliminado há muito tempo. Preciso da Sam na minha vida; ela traz cor para um mundo preto e branco. Bem, não me leve a mal, não estou deprimido ou infeliz. Tenho uma carreira de sucesso, um clube prosperando, e nunca estou sem opções de companhias femininas. A questão é que nunca havia percebido o quanto estava acomodado até ver a Sam novamente.

Ela está mais radiante e magnífica do que nunca. Na primeira vez que a vi, Samantha Richards tirou meu fôlego. Vê-la em minha casa ontem num jeans comum e camiseta apertada era a porra de um insulto embrulhado em tecido.

Agora estou em um carro na direção do seu apartamento. De repente, meu estômago se contrai e, pela primeira vez em anos, me sinto nervoso enquanto caminho em direção à porta dela.

Ela a abre no momento que chego ao final da escada e eu congelo no lugar, absorvendo-a. Seu cabelo cor de sol está amarrado em um rabo de cavalo, e juro que seu rosto impecável está mais bonito do que ontem. Meu coração engasga quando meu olhar desce por seu corpo coberto por um vestido vermelho simples, porém elegante. Seus saltos combinando fazem suas pernas macias e sedosas parecerem impossivelmente mais longas, o que só leva meu olhar aquecido para a curva do seu quadril e a elevação dos seus seios, antes de encontrar seus olhos novamente. E então eu vejo o brilho travesso neles, e fica óbvio que ela obteve sucesso em me distrair. Tudo isso só reafirma o fato de que a quero de volta em minha vida.

— Você está linda. — Minha voz grave ressoa entre nós enquanto tento me recuperar dos meus pensamentos dispersos. Ela me desvenda e sequer percebe.

Ela olha para o chão e cora, claramente desconfortável com o meu elogio. Isso me faz pensar em que tipo de homem ela teve na vida dela depois de mim. Meu avô me ensinou que um homem que vale alguma coisa diz à mulher o quanto a adora, mostrando-lhe com suas ações que é o filho da puta mais sortudo na face da Terra por tê-la.

E, neste momento, eu quero ser esse filho da puta.

— Sua carruagem a espera. — Ela olha por cima do meu ombro para o carro estacionado no meio-fio.

— Ah, certo... deixe-me apenas trancar a porta. — Sorrio, amando vê-la nervosa de novo. — O que posso dizer? Uma vez policial, sempre policial.

— Combina com você. Faz sentido. Eu sempre imaginei o que você fez depois que saiu da faculdade.

Ela se vira rapidamente e tranca a porta, virando-se novamente para me encarar. *Preciso* tocá-la novamente. O breve momento entre nós ontem não foi o suficiente. Durante toda a noite, ao invés de focar no meu próximo caso, eu estava pensando em todas as coisas que queria fazer com Sammy. Sonhei em tocá-la, explorar cada centímetro da sua pele, prová-la...

— Ei, está tudo bem? — pergunta ela, tirando-me dos meus pensamentos, e percebo que se aproximou de mim. — Você estava a um milhão de quilômetros de distância.

— Desculpe. Você meio que me levou a pensar em outra coisa. — Aproximo-me, colocando minhas mãos em seus ombros nus e vagarosamente acariciando sua pele, deixando um rastro de arrepios pelo caminho. Nossos olhos se fixam um no outro conforme faço o caminho de volta até seus ombros e limpo minha garganta, tentando fortalecer minha determinação em obter algumas respostas dela. — A gente devia ir, antes que eu faça novos planos e nenhum deles envolva um jantar.

— Sim, vamos — responde ela rapidamente. Seguro sua mão e dou um leve aperto tranquilizador antes de levá-la para o carro.

Já no carro em movimento, ela retira sua mão e a coloca sobre o colo.

Vejo-a endireitar os ombros antes de se virar para mim.

— Então, aonde vamos? Você estava mais do que misterioso ao telefone.

— Bem, me lembro, há um longo tempo, de conversarmos sobre viagens, e você sempre disse que queria viajar pela África. — Levanto a sobrancelha, esperando sua confirmação. Ela concorda e um sorriso malicioso enfeita seu rosto. — É por isso que estamos indo a um ótimo restaurante etíope que um dos meus sócios recomendou.

— Uau, se é o que estou pensando, eu sempre quis ir lá.

Sorrio com a aparição da Sam pateta. Sua verdadeira natureza, aquela que suspeito que se esforça para esconder da maioria das pessoas, é uma das suas qualidades mais cativantes. Ela sempre foi uma das pessoas mais "reais" que já conheci. Não havia pretensões ou falsidade; o que você vê é o que obtém de Sam.

Um dos maiores problemas em nosso relacionamento era o lado submisso de Sam; uma fraqueza erroneamente percebida por alguém que deveria pensar melhor antes de se meter na vida dos outros.

E, hoje à noite, planejo descobrir exatamente por que isso aconteceu.

Sam

Meu corpo está em chamas. Desde o momento em que ele me buscou, senti-me desconcertada. E agora ele está sendo todo atencioso, até se lembrou que quero viajar pela África. Quero dizer, não o vejo há dez anos, desde que terminamos, e não foi exatamente um término *bom*. Foi um término limpo, sem aviso, e o *timing* foi uma merda também. Para ser sincera, fico me perguntando por que ele quer ter algum tipo de relacionamento comigo. O tempo cura todas as feridas?

Seu toque em minha pele simplesmente alimenta o fogo que cresce dentro de um lugar bem fundo enterrado em mim. Ainda sei que existem diferenças enormes entre mim e Sean. Ele é um dominador, gosta de controlar e manipular as mulheres. E eu sou uma mulher que não quer ser controlada. Bem, são diferenças insuperáveis que não tenho certeza se um simples jantar pode apagar. Porém, existe uma outra parte minha que sente prazer com a sua dominância. O modo como assume o controle de uma situação, como, por exemplo, pagar o aluguel de Ryan e certificar-se de que o irmão está a salvo, apesar de prometer não o socorrer novamente; ou aparecer em minha porta e dizer que mereço um homem que me cubra de elogios e de atitudes assim como um homem que merece estar comigo.

Aqui ele marcou um grande gol comigo por segurar minha mão.

Agora estamos andando de mãos dadas (novamente) na direção de um dos melhores restaurantes da cidade, um que, há dois dias, eu não pensava que estaria indo.

O maître nos conduz a uma mesa de canto perto dos fundos do restaurante e Sean puxa uma cadeira que me deixa de costas para a porta. Isso vai contra todos os meus instintos de treinamento, mas deixo-os de lado e me sento, incapaz de conter o tremor que passa por meu corpo quando as mãos dele passeiam pelo meu corpo, parando bem abaixo dos meus seios.

Quando Sean senta-se no lado oposto ao meu, o maître acende uma única vela vermelha no centro da mesa.

— Seu garçom os atenderá em breve. Tenham uma boa-noite.

— Obrigado — Sean diz, sem tirar os olhos de mim. Sua presença me consome. Ele pode estar sentando a alguns centímetros de mim, mas ainda consigo sentir seu toque como uma marca invisível que aquece minha pele e infiltra-se em mim. É muito confuso. Meu cérebro — a parte sã — sabe que é um jantar entre dois velhos amigos. Por mais que Helen diga o contrário, claramente isso é tudo que este jantar pode ser. Não importa o efeito que Sean tenha em mim ou em meu corpo, ou o jeito natural com que ele consegue trazer à tona o meu lado passivo apenas com um olhar ardente. E definitivamente não tem nada a ver com o fato de que eu preferiria estar em um lugar menos público e mais nua com ele. Não, não tem nada a ver com isso.

Para distrair minha mente desses pensamentos atordoantes, vasculho todo o local, voltando ao hábito de sempre estar a serviço.

Embora seja um lugar movimentado, a atmosfera do restaurante é acolhedora e hospitaleira. O piso desgastado de madeira está polido com perfeição e as cortinas drapeadas e multicoloridas em tons pastéis vão do teto ao chão nas janelas que dão para a rua. E o arranjo de mesa! A toalha perfeitamente branca e plissada contrasta com dois copos para água claros como cristal com um guardanapo vermelho sangue dentro deles. Tudo foi cuidadosamente pensado, e a atenção aos detalhes é impecável.

— Samantha, gostaria que eu pedisse algum vinho? — a voz profunda de Sean ressoa. Olho-o novamente, dando-lhe o mais gentil dos sorrisos.

— Claro, seria ótimo.

Ele concorda e pega o menu, vasculhando-o com uma expressão concentrada, e olha para o nosso garçom apenas quando este para ao seu lado.

— Gostaria de pedir alguma bebida? — pergunta-nos o jovem.

— Sim, gostaria de pedir uma garrafa de Indaba Sauvignon Blanc, por favor. E se pudermos pedir nossas refeições também, gostaríamos de Messob Sampler. — Ele fecha o menu e o coloca sobre a mão estendida do garçom.

— Seu vinho será trazido em breve para a mesa, senhor. — O garçom me olha por um breve instante. — Madame. — E então sai.

Olho para Sean em choque. Em um minuto, ele pediu nossa bebida e nossa refeição sem nem ao menos parar e considerar que eu talvez quisesse pedir algo diferente. Uma coisa é ser cavalheiro e perguntar se poderia pedir em meu nome; outra é ser um rolo compressor, ignorar nosso encontro e assumir o controle. Sean, obviamente, faz parte do segundo time.

— Você considerou que eu talvez quisesse pedir algo? — pergunto, incrédula, incapaz de conter minha descrença.

Ele me olha com divertimento em seus olhos. O que há de tão engraçado no que eu disse?

— Desculpe, Samantha. Velhos hábitos não morrem. Você costumava gostar quando eu pedia por nós dois.

Abro a boca para soltar uma objeção, mas paro. É claro que ele não está falando sério.

— Sean, isso foi há dez anos. As pessoas mudam, sabe. — Aponto o dedo para mim mesma. — Por exemplo, *eu*.

Ele ri e se recosta em seu assento, ainda se divertindo com a minha reação.

— Já pedi desculpas, e não o farei novamente. Se quiser, podemos pedir outra coisa quando o garçom retornar. Simplesmente pensei que aproveitaria as escolhas que as amostras fornecem. É um jantar de três pratos com sambussa, messob e sobremesa. Uma experiência completa de jantar etíope. Eu estava apenas tentando cobrir tudo.

Ai, porra! Como posso discutir com isso? Meus ombros, antes tensos, agora relaxam quando desisto de lutar por um pedido de jantar idiota. Não sei do que se trata o jantar de hoje, mas, com o comportamento confiante de Sean, tenho a sensação de que ele tem tudo planejado. Sean sempre tinha que saber o que e quando algo ia acontecer. Para esclarecer? Era um homem difícil de se surpreender.

— Desculpa. Acho que estou apenas nervosa.

— Nervosa, Sammy?

Em dois dias, esse homem fez meu mundo sair do eixo, com promessas de me ver novamente, e sua declaração ontem, quando disse, de forma inequívoca, que queria me provar, tocar e escutar enquanto eu gozava.

Merda, está ficando quente aqui?

— Um pouco, acho — digo honestamente. — Mas você sempre foi capaz de me deixar assim e me dei conta de que isso é algo que não mudou também. — Assisto, fascinada, quando sua cabeça tomba para trás e ele ri profundamente, parecendo mais à vontade naquele instante do que durante toda a noite. Sua risada vira apenas um sorriso quando me olha sobre a mesa.

— Merda, eu precisava disso. Obrigado.

Dou de ombros, mas não consigo esconder o sorriso malicioso que aparece em meu rosto quando olho para fora, pela janela do restaurante, tentando não parecer afetada pelo homem deslumbrante à minha frente. Mas, se eu achei que estava tendo sucesso, o olhar intenso e cheio de calor de Sean me dá uma resposta negativa a isso. Felizmente, somos interrompidos pelo garçom, que retorna com nosso vinho. Ele abre a garrafa, despeja o líquido na taça de Sean e espera que ele o prove. Observo atentamente enquanto Sean leva a taça à boca, parando para sentir o aroma do vinho antes de abrir os lábios para prová-lo. Ele abaixa a taça e me encara sobre a mesa, correndo a língua pelo interior da boca, o que me faz apertar as coxas uma na outra. Amaldiçoo os deuses por me submeter a essa cena. Estou me sentindo quente e começo a achar que *estou* na África.

Droga! Sabia que eu deveria ter me afastado do limite do perigo antes que Sean me buscasse. Agora estou sexualizando tudo que o homem faz. Quero dizer, ele está apenas provando o vinho e estou imaginando seus lábios provando o vinho em outro lugar... em mim. Ele me lança um sorriso sexy de quem sabe o que estou pensando. Merda de leitor de mentes!

Sean concorda com a escolha e segura a taça para que o garçom a preencha. Em seguida, o garçom se dirige para a minha taça, despeja o líquido fresco e amarelo-pálido e faz uma leve reverência antes de nos deixar a sós mais uma vez.

Sean segura sua taça e a levanta para um brinde.

— A velhos amigos e novos começos. — Encosto minha taça na sua e depois a levo à boca, meus sentidos divididos entre o assalto sensorial do vinho e as palavras cheias de significados não ditos de Sean.

— Então, me diga o que tem feito na última década. Fiquei surpreso, mas não chocado, quando você me disse que era policial. — Ele descansa o braço na mesa e sua outra mão está perto do peito, segurando o vinho. Ele é o garoto-propaganda do relaxamento e da despreocupação agora e isso me irrita secretamente porque por dentro estou numa contradição de sentimentos: de aborrecimento à luxúria, de arrependimento ao deslumbramento da diferença que uma década pode fazer. Sean limpa a garganta e mais uma vez sou trazida de volta à realidade.

— Uhm, sim — respondo com um sorriso. — Depois da faculdade, eu precisava de uma mudança de cenário e sempre tive a intenção de me inscrever em algo assim. Apenas aconteceu de o Departamento de Polícia de Chicago me aceitar.

Ele balança a cabeça em concordância.

— E gosta do seu trabalho?

Dou outro longo gole no vinho para saciar minha garganta seca antes de responder.

— Com certeza. Eu não faria qualquer outra coisa. É tão gratificante! Gosto de pensar que estou fazendo a diferença.

Sua expressão muda, de interesse para cheio de respeito.

— Posso, com toda certeza, vê-la desempenhar esse papel. E veja como isso nos fez dar uma volta completa num círculo. Nós dois, juntos... jantando... apenas dois velhos *amigos* relembrando as coisas.

— E errantes irmãos mais novos que nunca aprendem?

Sean ri.

— Um evento infortúnio que acabou resultando em algo positivo, pelo menos para um dos homens Miller. O júri ainda não sabe do destino do outro.

Sorrio e decido que é agora ou nunca se quero descobrir sobre o Sean do meu passado.

— E quanto a você? Depois da faculdade, ficou em Chicago?

— Meio que tive que ficar, com Ryan e sua capacidade de arrumar problemas sem fim. E, depois que nosso avô morreu, me pareceu correto ficar na casa dele por um tempo. Nós ainda a possuímos. Aluguei-a para uma boa família que toma conta do imóvel como se fosse deles.

E, simples assim, o elefante faz sua entrada no ambiente.

Ciente de que não foi intencional, deixo de lado a pontada de culpa que o idiota me provoca com a menção da morte de seu avô.

— Senti muito quando soube da morte dele.

Sean balança a cabeça, mas não fala. Contudo, seus olhos são uma história totalmente diferente. Eles se estreitam e Sean inclina um pouco a cabeça para o lado como se me estudasse. Sinto-me inquieta e sob holofotes e continuo conversando, castigando a mim mesma por ser tão paranoica e tensa.

— E direito coorporativo? No começo, você estava interessado em prática criminal...

— Uhum. Mas as coisas mudam, as pessoas mudam. Direito coorporativo parecia me servir melhor. Assim como a aplicação da lei pareceu servir para você.

Murmuro em concordância. Continuo cismando com as dicas veladas do nosso passado e acho que são farpas sutis disfarçadas em uma conversa educada. Estou distraída e mentalmente pesando suas palavras quando sou salva pelo gongo — ou, neste caso, pelo garçom trazendo nossos aperitivos.

Ao começarmos a comer, o silêncio se estende entre nós. Mas, por DEUS, a comida está deliciosa. Juro que estou à beira de um orgasmo alimentício. A mistura maravilhosa de sabores é um paraíso.

Quando terminamos nossos aperitivos e nossos pratos são levados, sinto-me exposta e vulnerável. Não, não é que eu não confie no homem que está à minha frente. Sempre confiei, implicitamente. Não, sinto-me emocionalmente nua, sem defesas e aberta a um interrogatório. E, claro, Sean não é alguém a quem você gostaria de desapontar.

— Então, existe um homem na sua vida? — pergunta ele. A contração em seu maxilar dá uma ideia do que esse pensamento faz a ele.

Sentindo-me encorajada pelo vinho, decido ser completamente honesta com ele, ciente de que estarei provocando-lhe uma reação.

— Acha que estaria aqui se houvesse um? — digo, com um sorriso malicioso. Sean levanta uma sobrancelha e eu engulo com força antes de continuar: — Existe alguém com quem tenho benefícios sem compromisso, mas não tenho tempo ou inclinação para algo mais permanente. Minha carreira é o que importa para mim agora.

Seus olhos escurecem e juro que escuto um rugido.

— Qual o nome dele? — pergunta ele, sua voz baixa e ameaçadora.

— Tanner. Por quê? — Um arrepio passa por mim diante da reação dele em relação a outro homem em minha vida e isso me deixa confusa pra cacete.

Nosso prato principal chega e sei que essa talvez seja a última chance de descobrir a única coisa que tem me consumido desde a primeira vez que vi Sean no hospital.

— E você, Sean? Alguma mulher especial?

Ele sequer pestaneja com a pergunta, respondendo-a sem hesitar.

— Não. Meu coração estava bem e verdadeiramente tomado por uma mulher há tempos. Não tive tempo ou desejo de tentar nada desde então.

Encho meu garfo com comida e o enfio na boca, desejando que a Terra me engula. Essa conversa está fodendo com a minha cabeça e meus sentimentos.

Felizmente, nós dois estamos ocupados demais comendo para continuarmos o interrogatório. Não é que não trocamos gentilezas e brincadeiras. Esse tipo de coisa sempre foi fácil para a gente. Nossos problemas derivam de algo mais profundo — os desejos, vontades e esperança para o futuro. Ou, mais importante: minha negação com relação à minha submissão sexual. Há também o fato de que deixei alguém que deveria ter conhecido melhor me envenenar e menosprezar o amor que eu sentia por ele, distorcendo-o para algo que me aconselharam que eu não deveria me diminuir para tê-lo.

Quando nossos pratos são retirados no final da refeição e a garrafa de vinho há tempos já está vazia, sinto-me muito entorpecida com a orgia alimentar que acabei de experimentar para perceber uma mudança no humor de Sean. Ele pede a conta e entrega seu cartão platinum para o maître, se levanta, estende a mão e me puxa até que meu corpo esteja alinhado com o seu.

— Passei uma noite agradável hoje. Mas ainda me pergunto por que tivemos que perder dez anos nos quais poderíamos ter passado momentos juntos como este. Se você concordar, eu gostaria de sair desse estupor de comida e conversar abertamente sobre o que aconteceu. — Ele coloca a mão na base das minhas costas e me puxa firmemente.

Sem perceber, já estou saindo pela porta da frente com ele. Na hora que o ar fresco da noite me atinge, congelo, percebendo o que acabou de acontecer. Era isso que eu estava tentando evitar. *Isso* que eu não queria enfrentar. Sean me observa atentamente, sem perder o momento em que meu corpo fica tenso.

— Eu... uhm...

— Sammy. — Lá vem esse nome novamente. Aquele que tem o poder de me fazer derreter com apenas duas sílabas. Sinto a tensão em meu corpo aliviar, e automaticamente me inclino até ele. Seus olhos se suavizam e ele continua:

— Não vou te amarrar e te espancar, Sam... Bom, não até admitir que quer que eu faça isso. Mesmo que a ideia da sua bunda vermelha e brilhando me excite...

Com isso, instantaneamente me endireito. Quem diabos ele pensa que é dizendo que quer me espancar até minha bunda ficar vermelha? Ele foi longe demais.

Não posso negar que houve vezes nesses anos quando eu me pegava procurando por Sean, mas sempre parava antes de procurar o nome dele no Google por causa da vergonha que sentia quando pensava no que ele tinha feito. E agora ele está aqui, com todo o seu comportamento dominante, comandando, lindo, me chamando para passear para que possamos conversar sobre o que aconteceu.

Eu simplesmente não consigo fazer isso.

Sinto o calor do seu corpo contra o meu e a parte assanhada do meu cérebro tenta argumentar com a parte racional que não faria mal ou não causaria nenhum dano se eu simplesmente deixasse Sean caminhar comigo. Então, um pequeno pensamento passa em minha mente e percebo que preciso sair dessa situação, e rápido. Mudo do modo sexy para o modo cadela, endireito os ombros e o olho diretamente nos olhos.

— Olha, Sean, agradeço pelo jantar e foi ótimo termos conversado, mas não quero relembrar o passado contigo. Foi bom, e depois ruim, e agora é ótimo nos reencontrarmos, mas acho que é melhor se apenas deixarmos isso como você disse que seria: dois velhos amigos se encontrando em nome dos velhos tempos. Agora podemos seguir em frente sabendo que não existe nenhuma animosidade entre nós, pois, se nos virmos por aí, não será estranho.

Bem, isso saiu melhor do que eu esperava.

Sean dá um passo para trás e imediatamente perco o calor suave que estava sentindo enquanto ele se transforma em algo parecido com o olhar duro que agora desfigura seu lindo rosto.

— Certo. Então a convido para um jantar agradável e bem planejado, se é que posso dizer isso. Dividimos uma garrafa de vinho, você se retrai no minuto em que o tópico da conversa se torna mais profundo e, quando sugiro uma caminhada depois do nosso maravilhoso, porém quieto jantar, você se recusa e decide que isso é muito *difícil*.

— Bem, eu...

— Não. Você está certa. Pelo menos um de nós pode pensar claramente na presença do outro, pois pensei que essa noite tomaria outro rumo. Talvez nos guiasse para um caminho diferente, mas muito mais agradável. Obviamente, eu estava enganado. Vejo que sua completa inabilidade de ser sincera consigo mesma *não* mudou.

Bom, isso me fez retomar o rumo das coisas.

— Espere um minuto. Você não pode sinceramente pensar que poderia me trazer num ótimo jantar e que depois eu estaria deitada de pernas abertas como uma puta submissa covarde. Isso é uma barbaridade! — grito, sem dar a mínima importância ao fato de estarmos no meio da calçada.

Seu rosto de repente se parte com um sorriso arrogante antes de responder:

— Aí está o fogo que eu estava procurando. Felizmente, tudo que posso imaginar agora é você de pernas abertas, deitada diante de mim, implorando para que a faça gozar. — Ele se inclina até nossos narizes quase se encontrarem. — Diga-me o que preciso fazer para que isso aconteça. — Ele se endireita e me dá um sorriso arrogante.

Antes que eu perceba, minha mão vai de encontro à sua bochecha, fazendo-a arder.

— Você não disse isso! Sério, Sean, você é o homem mais arrogante que já conheci. Você tem sorte de a sua mão ainda querer tocar suas bolas. Obrigada pelo jantar, mas tchau e tenha uma boa vida! — Viro e me afasto dele, feliz, porém desapontada que ele não venha atrás de mim.

Caminho meio quarteirão e viro na esquina antes de chamar o primeiro táxi que vejo. Entro e dou ao motorista o meu endereço, antes de descansar a cabeça contra o vidro frio da janela e o motorista entrar no tráfego. Mordendo meu lábio, tento segurar a avalanche de emoções que ameaçam explodir.

Merda de homem.

Capítulo 10
Indo Embora

Sean

Observo Sam se afastar de mim enquanto travo uma guerra entre a necessidade de ir atrás dela e a necessidade de dar o espaço que ela obviamente precisa. Forcei demais. Envio uma mensagem para meu serviço de carro, e, cinco minutos depois, um sedan preto para na entrada do restaurante.

Digo para me levar até o clube, encosto a cabeça no assento e esfrego o rosto com as mãos. Fodi com tudo. Sou homem o bastante para admitir isso, mas, porra, sei como corrigir.

Pensei que o jantar tinha corrido bem. Ela estava quieta enquanto comíamos, respondendo as minhas perguntas, porém focada na comida, acima de tudo. Houve vezes em que mencionei certas coisas inconscientemente, sem perceber como poderiam ser entendidas, e com isso percebi-a pausar no que quer que estivesse fazendo. Um garfo cheio de comida parado no meio do ar, ou seu corpo tensionando quando mencionei a morte do meu avô. Não tive a intenção de trazer nosso passado de volta, ou o momento em que me abandonou, mas até mesmo eu sei que, se é para Samantha e eu termos qualquer chance de seguir em frente, teremos que lidar com o porquê de ela ter terminado comigo e os problemas que causaram isso.

No percurso de dez minutos para o clube, penso no dia em que conheci a mãe de Samantha, a última mulher que saiu como um furacão do restaurante e me deixou sem fala...

O que é um grande acontecimento.

Nós a encontramos no restaurante do seu hotel, e, de imediato, eu soube que teria problemas. Sam me disse no caminho até lá que sua mãe era fechada em seus modos militares e que às vezes tinha dificuldades em distinguir entre o estilo de vida militar e o jeito que Sam escolheu viver a vida dela. Isso sempre foi um ponto de discórdia entre elas, que geralmente acabava com Sam concordando com a mãe para manter a paz.

Quando começamos a namorar, um ano antes, Sam e eu conversamos sobre nossas famílias, e Sam conheceu meu irmão e meus avós. Eu não havia sido apresentado à mãe dela até então, pois esta morava em Kentucky. Ela havia se aposentado recentemente das Forças Armadas e estava baseada em Fort Knox, mas estava pensando em se juntar a Sam em Chicago, daí o motivo da visita.

Quando entramos no restaurante, eu soube que estávamos em apuros. Debra Richards, com sua postura bem polida e rígida, estava sentada à mesa, olhando seu relógio intensamente antes de passar os olhos pelo local e nos ver. A testa franzida para Sam foi toda a confirmação que eu precisava. Sua mãe estava brava, e eu havia feito a pior primeira impressão possível. Deveria ter visto o aviso aqui e ali, porque depois disso o almoço foi de mal a pior.

A primeira coisa que eu fiz de errado foi fazer o pedido por Sam. Era um hábito que adquiri logo no início de nosso relacionamento. Eu sabia do que ela gostava e não gostava, e ela me deixava pedir sempre que saíamos. Não pensei duas vezes sobre isso, era um gesto natural, mas a carranca que recebi de Debra, seguida de um suspiro audível sem remorso, me fez entender que eu havia ferrado tudo.

— Samantha, eu estava certa de que sabia pedir sua própria comida. Não lhe ensinei isso?

— Mãe, Sean e eu nos conhecemos bem, e ele sabe do que gosto, por isso pede por mim. Acho cativante.

— Acho controlador. Enfim, Sean, Samantha me disse que você está estudando com ela. Quais escolas de Direito está procurando?

Meus olhos se arregalam com a franqueza de Debra. Ela estava sendo abrupta comigo desde que havíamos chegado, mas mergulhou direto nas perguntas difíceis que nem Sam e eu tínhamos ainda discutido a fundo sozinhos, quanto mais com a mãe dela, que acabei de conhecer.

— Vou ficar com a Universidade de Chicago, senhora Richards.

— É *senhorita* Richards. Nunca casei com aquele idiota, felizmente. — Inclino a cabeça para trás em choque com sua resposta. Mantenho um sorriso amarelo no rosto, que sei que não seria apreciado naquele momento, mas agora entendo de onde Sam herdou a boca suja.

— Desculpe — digo sinceramente.

— Deveria se desculpar mesmo. — Seus olhos se estreitam e, de repente, me sinto como se fosse uma testemunha em um julgamento.

— Mãe! — Sam a adverte, e suas bochechas ficam vermelhas enquanto abaixa a cabeça envergonhada. A mão que segura a minha está no meu colo e aperta a minha, desculpando-se, e eu sei que ela está lutando por dentro.

— Tudo bem, Sammy. — Isso me fez ganhar uma levantada de sobrancelha, que ignorei enquanto continuava: — Senhorita Richards. Me inscrevi na Universidade de Chicago para poder ficar perto da Samantha.

— Humm. Samantha, já decidiu o que vai fazer?

Ela suspira, resignada, olhando de canto de olho para mim e virando-se para a mãe com o rosto impassível.

— Ainda tenho um ano para decidir, mãe.

— Humph.

Felizmente, nossas refeições chegam depois disso, e Sam consegue conduzir a conversa para assuntos mais fáceis, ou seja, para a aposentadoria e planos futuros de sua mãe.

A outra coisa que fiz de errado foi me levantar, como fui ensinado a fazer, quando Debra pediu licença para ir ao toalete. Ela franziu a testa e depois saiu.

— Parece que não faço nada direito. Mas acho que não sou só eu — sussurro quando a mãe dela não pode mais ouvir.

— Não é você. É apenas o jeito dela. Vou domá-la mais tarde. Você está sendo ótimo. Eu te amo — acrescenta, inclinando-se em minha direção e beijando-me gentilmente, abrindo a boca e permitindo que eu tome o controle. Era uma dança já bem praticada, que aperfeiçoamos com o tempo. Acontecia sem esforço, mas ainda fazia meu sangue ferver em meros segundos.

Sem perceber que Debra havia voltado, fomos interrompidos por uma garganta sendo limpa à nossa frente.

Felicidade Desejada

— Ah, merda — Sam murmurou. — Desculpe, mãe. Não percebi que você havia voltado.

— Claramente. O jovem aqui não podia ter atacado você em privado? Samantha, você sabe se portar melhor em público. Não estou mais com fome. A conta já foi paga, então, não precisa se preocupar, Sean. — Ela se inclinou e beijou Sam na bochecha antes de acenar com desdém em minha direção. — Ligarei para você às vinte horas, Samantha.

— Bem, isso foi uma merda épica — declarei. — Desculpe, Sammy, mas sua mãe é uma cadela nota dez. Me ignorou desde o momento em que me viu.

Sam me olhou com seus grandes olhos verdes e posso ver que ela está dilacerada.

— Ela está apenas estressada. Minha mãe se aposentou do trabalho que diz ter nascido para fazer, e agora está perdida com o que fazer com sua vida. Vou conversar com ela hoje à noite. Vamos embora.

E, simples assim, o almoço para conhecer a mãe dela havia acabado.

O carro para do lado de fora do clube, que parece cheio, com uma fila que deve virar a esquina. De repente, os acontecimentos dessa noite pesam em meus ombros.

— Na verdade, você poderia me levar para o meu condomínio? Acho que eu não deveria vir aqui agora — digo ao motorista.

Ele retorna para o trânsito e me leva para casa.

Agora, tudo que tenho que descobrir é que porra aconteceu com Samantha hoje à noite, e, o mais importante: que porra posso fazer para consertar. Mas a única certeza que tenho é que Samantha Richards faz parte da minha vida.

Sam

Sam: Hels, estou fodida!

Helen: Literalmente?

Sam: Não! Dei um tapa na cara do Sean depois de um jantar prazeroso.

Helen: Que porra, querida...

Sam: Tudo parece um borrão agora, mas ele estava no controle a noite toda, depois sugeriu que déssemos uma volta e eu surtei, pois ele queria conversar.

Sam: Então eu disse que foi ótimo nos encontrarmos e que agora não ficaríamos constrangidos um com o outro. Ele me acusou de não querer conversar sobre nosso passado, e eu neguei. Depois ele falou que eu ainda não conseguia ser sincera comigo mesma.

Sam: Falei que ele era um bárbaro por pensar que eu ia abrir minhas pernas em troca de uma boa refeição. Ele disse que não conseguiria tirar essa imagem da cabeça e perguntou o que deveria fazer para que isso acontecesse. Então, dei um tapa no rosto dele e em seu sorriso arrogante.

Helen: Terminou?

Sam: Não, estou só começando. Agora estou em casa, bebendo água porque parece que vodca e eu temos plantão amanhã.

Helen: Sorte a sua que não terminou abrindo as pernas, então ;)

Sam: *bufando* Não vejo isso acontecendo tão cedo.

Helen: Você está mentindo DE NOVO. Você precisa colocar a cabeça no lugar e reivindicar seu homem. Sean É o tipo de homem que você PRECISA em sua vida, querida.

Rico: Sam, fique com quem você quer ficar. Não deixe minha noiva praticar bullying contigo.

Sam (mandando para ambos): Que porra é essa, gente? Estão se unindo contra mim?

Helen: Ele roubou meu celular, culpe a ele. Tudo bem, querida, devo te ver amanhã. Vá dormir. Pense no que esse homem faz contigo só por respirar, e então você terá a sua resposta.

Rico: Se ele te machucar, eu o mato.

Helen: Pelo menos diga que a comida era boa. Rico me deve uma saída.

Sam: kkkkkkk A comida era ótima. Restaurante etíope, te dou os detalhes amanhã. Amo vocês. Obrigada por me deixarem desabafar.

Helen: É para isso que estamos aqui, querida. Apenas durma. Tudo estará mais claro pela manhã.

Sam: Eu realmente espero que sim. Esse homem me irritou, me excitou e deixou meu cérebro em pedaços em poucas horas.

Helen: Então nada mudou ;)

Sam: Cala a boca!

Helen: Te amo, querida. Você é apenas cabeça dura demais para admitir que estava errada e que o quer de volta.

Sam: CALA A BOCA!

Helen: kkkkkkkkkkk

Sam: Chega. Vou dormir agora. Tenha um bom turno amanhã.

Helen: Terei. Boa noite.

Rico: Boa noite.

Sam: Vocês são ridículos.

Helen: É por isso que você nos ama. Agora, durma!

Coloco meu celular no criado-mudo, rolo para o lado e me escondo debaixo do cobertor. Porém, meu cérebro ainda está ligadão, então o sono não virá facilmente. Sei que provavelmente exagerei esta noite. Merda. Certo, *exagerei*, mas aquele homem sabe como apertar todos os meus botões. Ele disse que queria ver o fogo dentro de mim... Bem, ele viu, e até um pouco mais!

Tenho medo de perder esse fogo me submetendo a qualquer homem, principalmente Sean. Fui criada para ser sempre forte e independente e nunca depender de um homem para nada, pois todos são uns desgraçados que irão nos decepcionar. Como posso baixar a guarda quando o homem certo chega junto... de novo? E se não conseguir fazer isso? E se já passou tanto tempo que não consigo me lembrar de como é ser vulnerável?

Ah, espere. Realmente sei como é. Sinto isso cada vez que vejo Sean Miller. Fecho os olhos e minha mente para de girar. Depois, caio no sono com a imagem dos profundos olhos azuis de Sean me encarando.

Estou fodida.

Capítulo 11
Tudo irá mudar

Sam

Já faz quatro dias desde que me afastei de Sean, o que, curiosamente, nos iguala no quesito de quem se afastou de quem. Não que eu esteja competindo ou algo parecido...

Enrolei o Tanner durante todo o final de semana. Tanto no sábado quanto no domingo Tanner queria fazer algo. Na verdade, ele me irritou quando me convidou para ir ao cinema. Uma comédia romântica! Recusei facilmente, dizendo que estava exausta do trabalho e que precisava dormir cedo. Minha culpa me espezinhou a noite toda, mas não sou eu a errada. Tanner sempre soube qual era nosso acordo. Desde o começo, eu estabeleci limites, e ele estava feliz com isso. Ou aparentava estar.

Quero dizer, que homem não estaria feliz tendo uma mulher que é feliz apenas com sexo regular — certo, *muito* regular — , sexo sem compromisso, e não quer, de forma alguma, um relacionamento? Meu trabalho é meu parceiro. Tudo bem que não me mantém aquecida à noite nem me dá amor, mas Tanner é o responsável pelas noites. Quanto ao amor, já o tive uma vez e ele acabou com o meu coração. Eu fui a instigadora para o término, mas, quando percebi meu erro, Sean já tinha seguido em frente. Olhando para trás, reconheço quão idiota fui em escutar a opinião da minha mãe sobre Sean e meu relacionamento com ele. Peguei algo que foi construído com amor e confiança e dizimei num mero instante com palavras que não eram minhas.

Naquela época, minha dúvida sobre ser submissa ou apenas submissa do Sean sempre persistia, grudada no fundo da minha mente enquanto nosso relacionamento progredia do maravilhoso primeiro encontro para onde

Felicidade Desejada 91

estávamos quando terminei com ele um ano mais tarde.

Como me explicou desde o início, ele gostava de ter o controle durante o sexo. Não era um dominador bruto, mas este era um aspecto importante para ele que eu precisava aceitar caso continuássemos com nosso relacionamento. No começo, naquele período glorioso de lua-de-mel, quando não nos cansamos um do outro, Sean me introduziu ao seu "jeito" de fazer as coisas. Foi um sentimento inebriante me dar a ele. Me fez sentir realizada, até mesmo completa. Numa vida em que eu só tinha minha mãe e os soldados no Exército, em que vivíamos como modelos, eu estava de alguma forma emocionada por ter um homem que cuidava de mim como Sean o fazia. Ele me valorizava, protegia e observava.

O sexo era MARAVILHOSO. Estive com dois homens antes dele e não havia comparação. Era como se Sean fosse o sol, e os outros, Urano. Não estou brincando com vocês, o sexo era de outro mundo. Porém, com uma mãe que me criou da forma como ela o fez, eu sempre me perguntei se estava desistindo de uma parte de mim quando estava com ele, uma parte dada de bom grado e sem nem mesmo pensar.

Tão natural quanto respirar.

O dia em que terminei com ele foi o mais devastador da minha vida, mas, ao mesmo tempo, senti que era necessário.

Foi depois que Sean conheceu minha mãe pela primeira vez. Dizer que não deu certo é até um eufemismo. Minha mãe o dispensou no momento em que o viu. Chegamos atrasados — e isso é algo que minha mãe nunca apreciou em ninguém — , porém, quando se tratava do namorado da sua filha, isso era imperdoável. Depois, Sean pediu a comida por mim e passou o jantar inteiro com o braço no espaldar da minha cadeira — coisas que eram naturais para nós e eu amava, mas mamãe as via de forma diferente.

Mais tarde naquela noite, quando eu estava em meu dormitório e liguei tal como pediu, ela me contou sua opinião sobre Sean de forma bem clara:

— Samantha, aquele rapaz pode ser bom, mas você está se perdendo nele e isso é inaceitável.

— Mãe, isso é um pouco injusto. Você não passou mais do que uma hora com ele.

— Não precisei mais do que cinco minutos para ver que aquele rapaz está dominando o seu relacionamento. Nenhum futuro igualitário deve ser construído sobre uma fundação desigual, e o que você tem com Sean é desonesto. Seu pai nos abandonou no minuto em que você nasceu, Samantha, e porque fui fraca, eu quase desmoronei. Você deve permanecer forte e lúcida. Aquele homem é mais velho do que você e está indo em direção a uma carreira muito estressante e poderosa, e você já está oprimida. Saia, termine agora.

— Ele não é assim, mãe. Ele é...

— Está dominando, controlando e desrespeitando você. Você não precisa de um homem como esse.

— Não! Não vou terminar meu relacionamento com o Sean só porque você tem uma ideia errada sobre ele.

— Acho que você não está me escutando direito, mocinha. Eu disse que você precisa terminar. Ele não é o tipo certo de homem para você. Você precisa de alguém que a honre, que a apoie e chegue cedo ao almoço em que está prestes a encontrar sua mãe pela primeira vez. As mulheres Richards não são submissas ou subservientes. Somos iguais aos nossos homens. Não fui assim com seu pai, mas aprendi com meu erro. Apenas não quero que faça as mesmas escolhas erradas que eu.

— Eu...

— Não, Samantha. É simples. Um término rápido. Faça-o agora, antes de as coisas ficarem mais sérias.

— Vou pensar sobre isso.

— Não é preciso pensar. Um término rápido, sem prejuízo. Bom, eu preciso ir. Tenho um voo amanhã cedo.

— Certo, mãe. Foi bom vê-la.

— Telefone quando tiver resolvido isso, Samantha. Quero o melhor para você.

Mais tarde naquela noite, quando Sean me ligou, eu já estava deitada há uma hora e estava emocionalmente desgastada. Dispensei-o fingindo uma dor de cabeça e prometendo ligar no dia seguinte.

Minha mãe e sua opinião tóxica sobre os homens haviam alimentado minhas dúvidas sobre Sean e meu relacionamento. Eu sabia que, quando eu conversasse com ele sobre isso, ele tentaria racionalizar comigo, mas eu não precisava de ninguém me manipulando ou analisando. Durante toda a minha vida fui guiada por um ou outro caminho. O que eu precisava era de tempo e espaço para pensar.

Mas não tive tempo nem espaço, e talvez seja por isso que as coisas terminaram daquela forma.

Na manhã de sábado, recebi uma ligação pelo rádio dizendo que havia um almoço me esperando na delegacia. Confusa, porém intrigada, voltei com Zander para a base, e, quando entramos, vimos os girassóis mais lindos que já vi em minha mesa. Além do buquê, havia um café embalado para viagem, uma salada Caesar e um muffin de maçã temperada.

Acho que morri e fui para o céu quando dei a primeira mordida naquele muffin. Claro, não havia um bilhete, mas o sargento que fica no atendimento contou que um homem bonito e muito bem vestido tinha entregado e pedido para avisar que ele esteve ali. Não precisei de confirmação para saber de quem o presente era.

Durante as provas finais na faculdade, quando estava dando um duro danado para me tornar uma ótima estudante, Sean aparecia com um café e um muffin. Claro, eu devolvia o favor ficando embaixo da mesa dele e fazendo um boquete, o que acabava com ele me puxando e me inclinando sobre sua mesa...

Bem, você entendeu.

O sorriso no rosto de Zander é irritante.

— Um admirador, Sam?

— Como se você pudesse falar algo, Roberts. Você fica todo bobo quando sua namorada lhe manda uma mensagem.

Seus olhos se arregalam um pouco antes de ele balançar a cabeça para mim, mas não antes que eu consiga perceber suas bochechas corando.

— De qualquer maneira, vamos comer ou o quê? — pergunta, antes de ir para sala de descanso. Rio e o sigo.

Arrumo as flores num jarro com água para que durem até o final do meu turno. Em seguida, coloco a comida sobre a mesa e pego meu celular com a intenção de mandar uma pequena e doce mensagem para agradecer.

Sam: Oi, aqui é a Sam. Suponho que o almoço pela manhã e as flores sejam seus?

Sean: Bem adivinhado, Samantha. Quero vê-la novamente. Precisamos esclarecer nosso mal-entendido da outra noite.

Sam: Não precisa. Obrigada pelo almoço, e as flores são lindas. Totalmente desnecessários.

Sean: Nada é desnecessário quando se trata de você. Me avise quando eu puder vê-la novamente.

Puta merda! Não dava para responder isso. Se houvesse uma coisa chamada ficar atordoada com mensagens, essa coisa era eu.

Sean me envia mensagens todas as noites, perguntando como foi meu dia e relembrando sobre acontecimentos específicos do nosso passado. É desconcertante e excitante ao mesmo tempo, como andar de montanha-russa pelas memórias, sabendo que a única direção que poderia seguir é para baixo, porém não consigo evitar. Tem sido bom me reconectar com ele. Sean me pediu para encontrá-lo novamente, mas tenho sido uma covarde e continuo a dar desculpas para não o ver novamente.

Enviar mensagens parece ser menos ameaçador do que telefonar. Não me levem a mal, eu ainda analiso demais as palavras dele e o significado por trás delas, e agonizo com minhas respostas. Mas *está* ficando mais fácil. Estou tentando acabar com meus sentimentos por ele, que sinto que estão ressurgindo. Sinceramente, não sei se posso ser a mulher que ele quer. Não o tempo todo, de qualquer forma. Admiti a mim mesma, há um bom tempo, que, apesar de ser sexualmente submissa, não sou a droga de uma submissa total. Gosto de ser contida, controlada, usada pelo homem com quem estou, mas precisa ser no momento certo e com o homem certo. Tanner não é esse homem, e nenhum dos outros caras de uma noite só foram, desde que conheci Sean.

Lembra que eu disse que ele me arruinou para todos os outros homens?

Tirando a entrega no sábado passado e nossas conversas por mensagens desde então, ainda sou a mesma covarde que não consegue admitir para si mesma que estava errada. Este sempre foi meu maior erro, e com Sean tenho mais do que apenas o encontro e meu comportamento para me desculpar. Como posso dizer "ah, e a propósito, desculpe por ter fodido com tudo na primeira vez e arruinado algo maravilhoso entre nós. Me perdoa?".

Se ao menos fosse tão fácil...

Capítulo 12
Eu e meu ciúme

Sean

Estou no jantar anual da Fundação do Memorial da Polícia de Chicago, representando minha firma como um favor de último minuto para o meu chefe. Não trouxe uma acompanhante. Se eu tivesse tido mais tempo, teria pensado em chamar a Samantha, mas sei que preciso ir com calma com ela. O encontro da semana passada me mostrou que preciso ser esperto na forma com que me aproximo dela se a quiser de volta em minha vida... e na minha cama.

Tive muito tempo para refletir essa semana sobre o que falta em minha vida. Tirando a Mac, não quis uma mulher por mais de uma noite ou duas desde Sammy, e vê-la novamente me fez perceber que ela é a razão disso. Porém, para ter certeza de que ela quer estar comigo também, será ela quem precisará vir até mim. Não posso forçá-la; não posso fazê-la querer ficar comigo novamente. Mas, para minha paz de espírito e para nos poupar de repetir o passado, ela precisa ter certeza.

O que não quer dizer que não posso ajudá-la a se decidir.

Minha vida parece estar se descomplicando sozinha. Bem, principalmente a parte da minha vida que envolve Ryan. Ele se mudou para seu apartamento no início da semana e prometeu manter contato tanto com a terapeuta quanto com os Apostadores Anônimos. Dessa vez, espero que ele tenha ficado assustado o suficiente para conseguir ajuda. Ainda há a dívida com o agiota que o agrediu no clube, mas esse é um débito que me recuso a resolver. Porém, se algum problema for criado comigo ou com o clube, prometo transformar a vida dele num inferno para pagar.

Estou sentado à mesa com um grupo de colegas da faculdade de Direito quando a vejo. Pode ter várias mulheres bonitas aqui, mas nenhuma se compara à beleza dos cabelos cor de sol que entra no salão de braços dados com um homem que parece querer devorá-la. Luto para abafar um grunhido que retumba em meu peito. Meus lábios se estreitam e meus punhos instintivamente se apertam sobre a mesa à minha frente. Sam me contou sobre Tanner, seu amigo de foda casual e nada sério, e tudo indica que ele é seu acompanhante. Meu primeiro instinto é arrancar as mãos dele que estão sobre ela; só a ideia de um homem tocá-la, sem ser eu, me irrita. Com um olhar gélido, observo-os se aproximarem de uma mesa com duas cadeiras vagas, sorrindo para outro homem alto e loiro e sua acompanhante atraente que percebo ter o cabelo mais vermelho que já vi. Ele se levanta e dá em Samantha um enorme abraço antes de apertar a mão de Tanner e os convidar a se sentar. Uma vez que Samantha se senta — que devo acrescentar, Tanner NÃO puxou a cadeira, como qualquer cavalheiro deveria —, ele se senta e passa o braço possessivamente nas costas da cadeira dela. Subconscientemente, rosno de frustração. Se teve algum momento que vi tudo vermelho, foi este.

Num minuto, estou morrendo de ciúmes.

O que quero fazer é caminhar até lá e tirá-la daqui de volta para minha cama, onde ela pertence. Mas me distraio com a conversa em minha mesa, lançando olhares furtivos na direção de Sam de vez em quando.

Até o momento em que vejo o apresentador no palco falando de todos os grandes doadores da noite — dentre os quais está a minha empresa. Olho para a mesa dela e nossos olhares ficam presos um no outro. O olhar em seu rosto vai de choque à confusão, e a algo semelhante a constrangimento. Suas bochechas ficam vermelhas e ela se ajeita na cadeira, notavelmente se afastando de seu acompanhante. Sorrio e seus olhos se estreitam, dando-se conta de que obviamente venho observando-a por um tempo. Aceno em um cumprimento silencioso antes de voltar minha atenção para o apresentador, sem a olhar novamente durante o discurso.

Somente depois do jantar, quando a banda começa a tocar e os casais se reúnem na pista de dança, é que decido que é hora de agir. Espero até que Tanner esteja envolvido no que parece ser uma conversa profunda com um homem próximo a ele, levanto-me e vou em direção à mesa de Samantha.

— Samantha, que surpresa vê-la novamente. — Propositalmente, faço uma pausa para tomar fôlego, enquanto ela me olha atentamente. Ela usa um vestido recatado preto com decote em V. Por estar de pé, consigo dar uma olhada em seu sutiã preto, e isso faz meu pau crescer em antecipação, querendo ver mais, mas tento acalmar meus pensamentos e clarear minha cabeça, focando no final do jogo: ter minha garota de volta.

— S-Sim. Ei, Sean. Ótimo ver você aqui... — diz ela, deixando o fim de seu comentário em aberto para uma resposta antecipada.

— Sim, uma coincidência engraçada, não é? Felizmente, meu chefe me pediu um favor no final da tarde e eu vim no lugar dele.

— Entendo. — Ela se ajeita em seu assento e coloca o cabelo atrás da orelha repetidamente, seu nervosismo ficando cada vez mais aparente.

— Querida, quem é esse? — pergunta o babaca ao seu lado, sem remorso quando vira em minha direção, obviamente me avaliando. Suas palavras são secas e seu tom é agressivo, para dizer o mínimo.

— Tanner, este é Sean Miller. Um velho *amigo* — Sam diz, enfatizando a palavra amigo. Os olhos dela brilham de diversão quando estendo minha mão para Tanner, que apenas a olha antes de balançá-la vagarosamente. Um aperto firme, porém, discreto, entrega seus verdadeiros pensamentos, fazendo o sorriso em meu rosto se transformar num sorriso maroto.

— Prazer em conhecê-lo, Tanner. Não sabia que Samantha estava saindo com alguém...

— Não estou! — ela exclama severamente, sem perceber o quanto se entregou. Ela o olha rapidamente com culpa escrita por todo o seu rosto antes de voltar para mim. — Digo, Tanner e eu somos apenas amigos e colegas de serviço.

Meu sorriso fica maior com sua confissão sem intenção.

— Ótimo, então você não se importará se eu roubá-la para uma dança. Temos muito que conversar, não temos, *amiga*?

Seus lábios se apertam enquanto tenta esconder um sorriso, reconhecendo o concurso de mijo quando vê um.

— Sim, temos. Você não se importa, não é, Tanner?

— Não, vá em frente — sussurra ele, enquanto pega seu copo e bebe toda a bebida em um só gole. — Vou pegar outra bebida.

— Fantástico! — vanglorio-me, antes de estender a mão para minha parceira de dança e entrelaçar nossos dedos. Sam afasta sua cadeira e se levanta radiante à minha frente.

— Depois de você... — ofereço, gesticulando para ela que nos guie. Não sou de seguir e sei que ela percebe que não estou normal. Para ser justo, ela nem hesita e caminha até a pista de dança puxando-me atrás de si.

Sam para no meio dos casais dançando e vira para mim. Juro, se essa mulher encostar seu quadril em mim e me olhar com expectativa, não serei capaz de me controlar e farei algo altamente inapropriado para um jantar de caridade da polícia. Ao invés disso, Sam morde o lábio e se coloca entre meus braços abertos à minha frente. Puxando-a para mais perto, gentilmente coloco minha mão direita em seu quadril. Alcanço sua outra mão e entrelaço nossos dedos, em seguida, elevo nossas mãos no ar e começo a balançar ao ritmo de *I Hate the Way I Love You*, de Rihanna e Ne-Yo.

Sam se inclina contra mim, seu corpo relaxando contra o meu como se fosse a coisa mais natural no mundo nós dançarmos juntos. Pego sua deixa e deslizo minha mão por suas costas até seus ombros. Um suspiro de satisfação escapa de seus lábios e permito ao meu corpo tomar controle conforme sinto um aperto familiar em minha virilha. Algo nessa mulher destrói toda a capacidade de controle que me orgulho de ter. Isso deveria me preocupar, mas é sempre assim com Sammy. Tudo parece certo, natural, como se pertencêssemos um ao outro.

— O que estamos fazendo, Sean? — sussurra. Ela me olha com seus olhos cor de jade que me atingem como um soco. — Porque não sei se posso resistir por muito mais tempo... — murmura, sua voz diminuindo como se não tivesse certeza do que está dizendo.

— Por que resistir? — murmuro, conforme apoio minha bochecha em seu cabelo.

— Você sabe o porquê. Não damos certo juntos.

— Humm... — digo, continuando a me mover contra ela sem parar, conforme a música termina e começa a tocar *I Ran Away*, do Coldplay.

Sam descansa a cabeça em meu ombro e sinto um contentamento me consumindo enquanto a seguro em meus braços. Seu braço afaga minhas costas, fazendo com que meus músculos se flexionem com a sensação. Posso sentir o calor de seu toque através do meu blazer, e não consigo me focar em mais nada que não seja a bela mulher em meus braços. Isso é tão certo! Não sei como Sam consegue me manter a um braço de distância, mas por ela vale a espera. Tudo em mim quer levá-la embora, mostrar-lhe quão bons somos juntos, quão bons podemos ser.

Depois de alguns minutos, a canção termina e o mestre de cerimônia anuncia que a banda fará um pequeno intervalo. Como se estivesse saindo de um transe, retiro meus braços dela e gentilmente a afasto do meu corpo.

— Sean, o que há de errado?

Seus olhos vasculham todo o ambiente, olhando por cima do meu ombro até a mesa onde sei que seu acompanhante babaca está observando-a como uma águia. Amigos com benefício uma ova! Apenas uma olhada nele com ela e eu já soube que ele queria muito mais do que os benefícios; queria a porra do pacote completo. Pena que não vou deixar isso acontecer. Nunca.

— Obrigado pela dança, Samantha. Me empolguei por um minuto e me esqueci de mim mesmo.

Sam me olha, suas sobrancelhas franzidas em confusão por causa da minha brusca mudança.

— Eu... fiz algo de errado? — gagueja.

— Não, sou eu. Tenho que ir, ainda preciso ir ao clube. — Seguro sua mão e a levo até a boca, gentilmente beijando-a antes de ir embora. — Bom vê-la novamente, Sammy.

Reúno toda a força que tenho e me viro, afastando-me da única mulher que nunca quis deixar, a única que precisa tomar a decisão sobre o que e quem verdadeiramente quer. E logo.

Sam

Fico parada no meio da pista de dança vendo as costas de Sean enquanto ele se afasta de mim, mais uma vez. Sinto-me constrangida, excitada e frustrada pra cacete, e tenho que travar meus joelhos para me manter de pé.

Estar nos braços de Sean novamente foi melhor do que eu me lembrava. Foi como se o mundo ao nosso redor desaparecesse e fôssemos as únicas pessoas restantes. Ainda posso sentir suas mãos tocando meu quadril; minhas costas; meus ombros; minha bochecha, quando encostei a cabeça em seu ombro; meu peito, que estava firmemente pressionado contra o seu...

Caminho até o bar, peço uma vodca com tônica — mais vodca, menos tônica — e viro-a em um gole só antes de pedir outra, procurando por qualquer coisa que clareie minha mente.

Quando chego à mesa novamente, Tanner e Zander estão numa conversa profunda.

— Sam! — Kate me chama quando me sento em meu lugar. — Estávamos justamente conversando sobre devermos ir a uma boate. São apenas nove horas, é muito cedo para encerrarmos a noite. Topa?

Tanner me olha e levanta uma sobrancelha, antecipando minha negação educada. Encorajada pelo álcool que corre em minhas veias, sinto-me de repente cheia de energia e pronta para dançar.

Foda-se! Sean foi embora e me deixou confusa pra cacete. Quem disse que não podemos ir à porra da boate dele e lhe dar um pouco do seu próprio veneno? Como ele ousa se aproximar de mim na frente dos meus próprios colegas e amigos e ficar todo possessivo na frente do Tanner, sem nem tentar esconder quanto ciúme estava sentindo, e depois dançar comigo? E ele não dançou apenas como um casal de velhos amigos o faz; dançou como se fosse meu homem, meu amante... marcando e inflamando meu corpo com seu toque.

Como ele ousa?

— É uma ótima ideia! — exclamo, levantando e segurando a mão de Tanner, oscilando ligeiramente em meus saltos. Tanner colocando as mãos nos meus ombros para me manter firme.

— Você está bem, querida? — pergunta, parecendo preocupado.

— Claro. Vamos lá. Conheço uma boate.

Guio Tanner para fora do evento. Kate e Zander vêm logo atrás. Começo a caminhar pela rua, segurando a mão de Tanner e tento ignorar o fato de não sentir nada por ele. Nenhuma faísca, nenhum calorzinho se espalhando pelo meu corpo, nenhuma vibração na minha barriga como quando Sean está por perto. Sei que provavelmente estou lhe dando falsas esperanças, mas, neste momento, tenho um objetivo em mente, que é mostrar a Sean exatamente o que ele está perdendo, exatamente do que fugiu.

— Para onde estamos indo, Sam? — Zander pergunta, vindo atrás de mim.

Não hesito. Nem sequer o olho para responder, apenas continuo indo em direção ao meu destino. O desejo de ver Sean novamente é toda a motivação de que preciso para caminhar três quarteirões num salto de dez centímetros.

— Estamos indo para a Throb. Vamos nos embebedar e nos divertir.

Uma mulher bêbada em missão.

Saiam do meu caminho.

Capítulo 13
Você tem todo o meu amor

Sam

Vasculho a boate com a esperança de ter um vislumbre do homem em quem não consigo parar de pensar. Espero secretamente que Sean esteja me vendo na pista de dança e que venha me tirar dos braços de Tanner e me colocar nos seus. Força do pensamento, é claro. Não consigo me decidir. Sei que o quero, mas continuo esperando que ele faça sua jogada, mas ele ainda não tentou selar o acordo. Sean vai longe, mas depois recua, me deixando excitada, incomodada e desejosa por mais.

Alguém poderia pensar que Sean quer que eu vá até ele!

Assim que entramos na boate, faço o caminho mais curto para o bar e peço uma rodada de doses. Tanner faz o mesmo, pedindo outra rodada, e, não muito tempo depois, minha mente superativa se enevoa e me sinto mais relaxada e despreocupada. Porém, mesmo no meu estado embriagado, não consigo tirar Sean da minha cabeça.

Sean estava abertamente possessivo na frente do Tanner. E, quando me segurou em seus braços e nós dançamos, a energia entre nós estava eletrizada. Digo, se houvesse outro apagão, era só colocar Sean e eu num quarto pequeno e ver os quilowatts atingirem o máximo!

Minha pele formiga em alerta e instantaneamente sei que Sean está próximo. Nenhum outro homem me deixa tão no limite. Não existe nenhuma outra pessoa na Terra que já me fez sentir *assim* antes; é desconcertante e emocionante ao mesmo tempo.

Pony, da Rihanna, ecoa pelo sistema de som, e Tanner aproveita a oportunidade para se aproximar, passando os braços ao redor da minha cintura e me puxando com força contra si. A pista de dança se enche de excitação, mas as pessoas são um borrão. Tudo que consigo sentir é o corpo firme de Tanner se contorcendo sugestivamente no ritmo da música junto com o tão familiar zumbido em minha cabeça cheia de vodca. Meu corpo está tão tenso que temo que irei estalar, e é essa tensão que me faz remexer junto com Tanner. Meu quadril balança sedutoramente junto com o dele enquanto passo meus braços ao redor do seu pescoço, enganchando minhas mãos em seus cabelos e puxando-os. Fecho meus olhos e, por um momento, imagino que é com Sean que estou dançando, que são as mãos dele vagando pelo meu corpo, o material sedoso do meu vestido deslizando um pouco quando uma de suas mãos passa pela pele nua da minha coxa enquanto a outra está sobre a minha bunda, me segurando firme contra si. Reabro meus olhos conforme as mãos de Tanner deslizam por mim, alheio ao desconforto que sinto no minuto em que travo olhar com Sean.

Seus olhos cor de safira perfuram os meus através da multidão quando ele se inclina contra as escadas que levam ao segundo andar e ao seu escritório — o mesmo onde me disse que poderia encontrá-lo quando precisasse.

Em meu coração, sei que não quero Tanner; nunca houve uma conexão emocional com ele. Não me levem a mal, Tanner é bom, mas não é *ele*. Quando penso nisso, ninguém jamais sequer se aproximou *dele*. Meu objetivo de lutar contra qualquer sentimento que esteja crescendo entre nós está falhando. Aqueles profundos olhos azuis, aquele sorriso de reconhecimento que me diz que está tendo pensamentos obscenos comigo, o jeito que seu toque me relaxa e me excita ao mesmo tempo. Minha súplica automática toda vez que ele está perto.

Não fui capaz de admitir isso para mim mesma até agora, quando estou nos braços de outro homem, e numa boate com uma reputação ilícita que igualmente me assusta e me anima, enquanto encaro os olhos do homem que faz meu coração acelerar como nenhum outro.

Tanner e eu continuamos dançando conforme Rihanna fala sobre sexo, mas é o resto das palavras que se aprofunda em minha mente, palavras sobre ter um amor e não precisar de outro.

Sean inclina a cabeça para frente, seu queixo forte e inabalável. Porém, mesmo do outro lado da pista, posso ver que ele está tenso, seu corpo rígido e imóvel, seu maxilar travado tão forte que, se eu estivesse perto, poderia jurar que escutaria seus dentes rangendo. Sean franze a testa e balança a cabeça, e se vira para falar com o segurança brevemente antes de subir as escadas de dois em dois degraus, indo para longe de mim, de nós. Tanner enterra o rosto em meu pescoço, e, quando sinto sua língua em minha pele, percebo por que Sean se foi.

Sinto como se tivesse levado um soco na boca do estômago.

Preciso ir até ele, mostrar que quero isso, que o quero. Não quero Tanner.

— Sam. — A voz sussurrada em meu ouvido me tira do meu devaneio. — Quer ir embora? Mais um pouco disso... — Tanner murmura conforme esfrega sua ereção contra mim — e serei preso, mesmo numa boate com uma reputação pervertida como essa.

Suas palavras são como um banho de água fria. Afasto-me e dou um passo para trás, enquanto seguro seus ombros para estabelecer um espaço decente entre nós. Seus olhos se estreitam e ele franze a testa para mim.

— Sam, o que há de errado? — Suas mãos disfarçadamente são colocadas nos bolsos enquanto tenta esconder sua consternação. Se estivesse no estado de espírito certo, eu acharia aquilo engraçado, mas nada agora é divertido. É como se eu tivesse acabado de ser atingida por um caminhão de bom senso e só existe um homem que quero ver na minha frente. O único homem que sei que está provavelmente ainda observando o desdobramento dessa situação, isso se não tiver lavado suas mãos com relação a mim. Ver-me nos braços de outro homem na sua frente faria isso. Sei que o mero pensamento de Sean estar com outra mulher, e para piorar tocando-a, me mataria.

Não posso mais negar isso. Sean me conhece, conhece meu verdadeiro eu, e esse homem ainda faz com que meus dias fiquem mais claros; meus sonhos, mais quentes; e pode comandar um lugar como se fosse dono. Ele é forte, dedicado e trabalhador. Na verdade, ele se tornou tudo o que me prometeu que seria: bem-sucedido, dedicado e disposto a construir uma vida para nós.

Eu sou o quê? A droga de uma burra ou o quê?! Eu tinha um homem pronto para me dar o mundo e fugi.

Balanço a cabeça, e Tanner coloca suas mãos sobre meus braços nus. Seu toque não me aquece como costumava fazer.

— Olha, Tan, me desculpe.

— Desculpar você? — Ele me olha em descrença. — Pelo quê? Por me deixar excitado numa boate? Pois, se for isso, meu bem, contanto que me ajude a me acalmar, está perdoada.

— Não. Me desculpe porque não posso mais fazer isso contigo.

— Isso? — Tanner balança a mão entre nós e faço que sim com a cabeça. Ele me encara por um momento. Estamos em pé no meio de dançarinos que continuam a se mover ao nosso redor.

Olho para o chão. Meus ombros caem em derrota e me recuso a registrar o sofrimento em seus olhos. Levanto a cabeça e vejo as costas de Tanner enquanto ele se afasta em direção à porta da frente. Quando ele desaparece da minha vista, meus olhos vão para a escada que levam até onde Sean está — o homem que *verdadeiramente* quero. Meus pés estão presos e estou parada aqui, imóvel no meio de um monte de corpos suados, presa entre o que meu coração e meu corpo querem e a minha mente, que está me dizendo que não estou em condições de lidar com isso.

Um pé na frente do outro, um passo de cada vez, assim faço o caminho até a escada. O segurança levanta a mão na minha frente e abro minha boca para lhe dizer quem quero ver. Ele inclina a cabeça, escutando algo pelo fone em seu ouvido, seus olhos me advertindo. Com um levantar de cabeça, fica de lado.

— Última porta à esquerda, Samantha.

Viro a cabeça abruptamente ao som do meu nome. Sean sabe que estou indo. Ficou me observando, o que me diz que ele viu que impedi Tanner e depois o viu saindo da boate. Meu estômago se enche de borboletas conforme subo os degraus. À esquerda, está um bar privado que Sean me contou ser para os membros do clube usarem fora das vistas do público geral, tanto antes quanto depois de usarem os quartos VIPs. Viro-me para a direita e vejo um corredor mal iluminado, com fracas luzes vermelhas penduradas e portas pesadas de madeira lado a lado nas paredes, com cores que vão do preto até o vermelho escaldante no fim.

Quando alcanço a última porta no final do corredor, paro um momento, descansando a cabeça contra a madeira fria enquanto tento recolher todos os meus pensamentos e me preparar para o que quer que aconteça dentro do escritório no qual estou prestes a entrar. Será que Sean estará bravo? Ou estará estranhamente calmo, de um jeito bem Sean?

Endireito a postura, olhando para meu corpo para verificar se estou apresentável. Coloco o cabelo para trás das orelhas e bato firmemente uma única vez. Depois uma segunda vez, mais suave, à medida que minha bravura momentânea começa a perder força.

Alguns segundos depois, a porta se abre e sou agraciada com a visão de Sean: a camisa para fora da calça e o primeiro botão aberto, os olhos apertados, sua expressão imperceptível.

— Samantha — murmura ele, sem tirar os olhos do meu rosto ao falar.

— Posso entrar?

— Quer entrar? Ou só precisa de uma carona para casa? Acabei de ver seu *amigo* sair sozinho — diz ele com sarcasmo.

— Sean, por favor. Precisamos conversar.

Sean dá um passo para o lado e passo por ele. O pequeno espaço me força a virar e esbarrar nele. Meus seios roçam em seu peito e suspiro com as faíscas entre nós. Lentamente, olho para trás e vejo seus olhos tempestuosos cheios de calor, então rapidamente entro no escritório e paro no meio do ambiente, virando-me para encará-lo. Não estou tão bêbada quanto estava lá embaixo. A importância dos próximos minutos age como a mais potente xícara de café que eu poderia ter bebido.

Sean fecha a porta, trancando-a antes de me encarar, e se apoia nela. Sua cabeça se recosta contra a porta enquanto me observa, começando nos meus saltos de tiras pretas, seguido por minhas pernas e vagarosamente subindo por minhas curvas. Seu olhar intenso é como um carinho cheio de calor e promessas. Tremo e sei que Sean percebe isso. Estou tão excitada agora! Juro que ele poderia apenas respirar em mim e eu atingiria o clímax instantaneamente. Parece certo estar com ele. Apesar das minhas concepções erradas sobre sua força e seu poder sobre mim, Sean é o homem mais controlado que já conheci.

Então, por que estou nervosa, tremendo como uma folha?

Sean

— Eu não deveria querer isso — Sam murmura, incerta do que está falando. Observo seu corpo, procurando por pistas para comprovar o que já sei. Sam está mentindo para si mesma, e o mais importante: para mim.

Parado onde estou, com as costas contra a porta do escritório, observo o rosto dela e sua batalha interna entre a necessidade de ficar e o desejo de correr. E é uma necessidade, mesmo que ela não perceba ainda quem ganha.

— Mas você *precisa* disso, Samantha. Precisa de *mim*, não é?

Dou um passo em sua direção e Sam dá um passo para trás, até atingir minha mesa. Continuo a avançar e seu peito sobe e desce rapidamente. Sua respiração se torna ofegante quando seu corpo me diz que ela ainda não está preparada para admitir isso.

Quando paro, o calor do seu corpo irradia até o meu, e tenho que abafar um gemido com o enorme magnetismo que vem da mulher à minha frente e sua submissão inexplorada que me atrai, algo que ela se recusa a perceber, depois de todos esses anos.

Fecho os olhos e paro, respirando apenas o seu cheiro de coco, a mesma loção corporal que ela usava na faculdade, que traz lembranças de nossos corpos entrelaçados, nossos lábios pressionados um contra o outro enquanto eu a levava ao clímax várias vezes. Balanço a cabeça e abro meus olhos, encontrando os seus cheios de um calor latente e desejo.

— Sean, eu...

Não. Sam não terá outra chance para fugir disso, de nós. Ela já vem fugindo há muito tempo. Dessa vez, é para ficar. Dessa vez, não deixarei nada nos atrapalhar. Nem a mãe dela, nem meu irmão, nem o trabalho dela. Tampouco alguma ideia complicada que ela enfiou na cabeça sobre ela não ser a submissa que eu preciso que seja. Estou cheio dessas bobagens e, dessa vez, quero o que é meu. E Sam é minha.

Passo os braços ao redor de sua cintura, puxando seu corpo com firmeza contra o meu, e inclino a cabeça, deslizando minha boca até a sua, que engasga em choque. Minha mão segura seu rabo de cavalo loiro, mantendo-a no lugar, e seus músculos tensos relaxam conforme minha língua toma a sua.

Proponho-me a redescobrir a beleza de Samantha Richards.

Seu gosto é intoxicante e me vejo desejoso por consumi-la, por me perder dentro dessa gloriosa mulher cuja mente continua a negar que a conexão entre nós é interminável. Neste momento, quero mostrar tudo que sou a ela, tudo que posso fazer, cada jeito possível que posso fazê-la se sentir. Sei que estou perdendo o controle, mas com Sam...

Eu não me importo.

Pressiono meu quadril no dela, meu membro duro contra a maciez de sua barriga. Sinto seus braços se moverem entre nós e, quando espero que ela me afaste, colocando as mãos sobre meu peito, Sam segura minha camisa e me puxa para mais perto, esfregando seus quadris contra mim num silêncio convidativo. Talvez ela não tenha capacidade de admitir em palavras, mas pode me mostrar com seu corpo, com suas ações. Ela não consegue mais negar que a faísca entre nós é tão forte quanto era no começo.

Afasto ligeiramente minha cabeça, puxando seu lábio inferior quando o faço. Observo seu rosto, procurando por qualquer incerteza remanescente, mas tudo que consigo ver são lábios rosados e inchados e olhos cheios de desejo, e, nesse momento, sei que tenho minha Sammy de volta, mesmo que seja apenas por alguns minutos, algumas horas ou só uma noite. E se isso é tudo que terei com ela, eu aceitarei de bom grado. Se esta é a única chance de tê-la, vou fazer valer cada momento. Vou fazer durar até o último minuto em que nenhum de nós consiga mais andar. Inferno, até que nenhum de nós possa mais respirar sem se lembrar de como éramos juntos ou sem se lembrar dessa noite.

— Você estava dizendo... — digo, levantando uma sobrancelha.

— Não pare — ela diz, rouca, depois me assusta segurando minhas bochechas com as mãos suaves e quentes, guiando sua boca de volta para a minha. Devagar, experimentando, ela lambe meus lábios, me fazendo lembrar de que, por mais que eu queira esta mulher, a minha Sam, preciso ir devagar para fazê-la chegar ao meu nível. O mesmo nível no qual acredito que ela queira estar, quando ficará rouca de tanto gritar meu nome repetidas vezes. Merda, eu quero isso.

Dou-lhe alguns minutos, deixando-a acreditar que tem algum controle antes de eu assumi-lo novamente. O Sean forte e exigente está aqui. Não vou perguntar novamente, vou pegar o que quero. E, neste exato momento, quero ver a Sammy se contorcendo e ofegando enquanto a tomo. Não sinto nenhum resquício de resistência saindo de seu corpo quando Sam relaxa contra mim, aceitando tacitamente tudo que estou lhe dando e até mais. Inclino minha cabeça e assalto sua boca. Minha mão em sua cintura desce para sua bunda e meus dedos apertam-na com força, fazendo-a sentir cada centímetro do que a espera. Minha outra mão segura seu cabelo de uma forma mais bruta, puxando-o apenas o suficiente para chamar sua atenção. O gemido em resposta é todo o combustível de que preciso para arrastar minha boca por sua mandíbula até o pescoço, beliscando-lhe com meus dentes e depois lambendo.

Movo-me por entre suas pernas, levantando minha coxa até que fique alinhada com seu centro quente. Coloco sua pélvis contra a minha perna com força e pressiono sua bunda até os instintos de Sam tomarem o controle e seu quadril começar a empurrar contra a minha perna, buscando a fricção de que precisa para encontrar seu alívio prazeroso, o êxtase que quero dar a ela.

— Merda — ela geme, e continuo beijando seu pescoço. Não consigo enjoar dela, não quero parar nunca. Sua pele tem um gosto divino, exatamente como me lembro: doce como o mel e sexy como o pecado.

Sam tem gosto de lar.

Ela continua se esfregando contra a minha coxa. Meu pau lateja contra seu quadril, duro como aço e propenso a deixar marcas pela manhã, mas, neste momento, quero mais dela, preciso de mais. Solto seu cabelo e levo a mão à sua nuca. Em seguida, corro os dedos pela curva do seu ombro até o decote em V do vestido. Deslizo os dedos dentro do sutiã e seguro seu seio, gentilmente apertando-o com a mesma frequência com que Sam impulsiona o quadril contra mim. Sua respiração fica mais rápida, avisando-me do quão perto ela está de ter um orgasmo. Mordisco sua orelha dizendo:

— Goza para mim, Sammy. Deixe-me escutá-la gritando meu nome.

— Puta merda! — Sam grita quando atinge o clímax, cavalgando com golpes duros em minha perna. É preciso cada gota de autocontrole que tenho para não gozar em minhas calças como um adolescente excitado.

Tiro minha mão de dentro do seu sutiã e corro-a vagarosamente por suas costas e braços enquanto Sam sai de seu êxtase. Isso foi sexy pra caralho e mal posso esperar para senti-la gozar no meu pau. Afasto minha perna, sorrindo, quando a escuto gemer triste pela perda.

— Sammy, preciso de mais do que isso. Deixe-me lhe mostrar quão bom isso pode ser. Me dê isso. Hoje à noite. — Seguro seu maxilar com minhas mãos, meus olhos perfurando os seus enquanto espero por sua resposta. Prendo a respiração porque não sei o que farei se ela me afastar novamente. Doeu na primeira vez. Até mesmo dominadores grandes e maus não são invencíveis. Duas vezes acabaria comigo.

Sua respiração toca meu rosto enquanto ela tenta se recuperar. Seus olhos caem para a minha boca, depois voltam para os meus olhos. Sam concorda quando seus lábios se abrem, e vejo sua língua passar por seus lábios inchados.

— Mas não aqui. Quero você, Sean, mas não posso fazer isso aqui. Simplesmente não posso.

Observo-a por alguns segundos, percebendo que está se abrindo completamente para mim. Suas mãos não se moveram do meu quadril, e ela não afastou o corpo do meu. Sam está totalmente mergulhada nisso, em nós, mas, quando seu olhar vai para o chão, percebo que ela também prende a respiração.

— Tudo o que você quiser. Isso tem a ver conosco, não com a boate, nem com o nosso passado. Nada, exceto você e eu, aqui e agora. Nunca quis alguém como quero você. — Endireito-me e ajeito minhas calças. Meu pau está tão duro que dói. Já faz um tempo que não me sinto assim. — Quero que saiba que nunca brinquei em casa, só aqui. Você é a única mulher que quero em minha cama agora. — Calo a boca de repente, impedindo a mim mesmo de dizer que, se fosse do meu jeito, ela seria a última também. *Passos de bebê, Miller.* Esperei que Sam viesse até mim, agora tenho que esperar por uma oportunidade.

— Sean, eu...

— Não. Não arruíne este momento com arrependimentos e desculpas, Sam. Se tem certeza disso — dou um passo para trás e estendo minha mão em sua direção — , me dê uma chance, uma chance a nós. Quero lhe mostrar quão bom nós podemos ser. Quero ter a chance de te provar que somos bons juntos.

Sem nenhuma hesitação, Sam coloca sua mão sobre a minha, forçando-me a conter um sorriso de satisfação. Dou um leve aperto de encorajamento antes de puxá-la de encontro a mim. Reverentemente, beijo sua têmpora e mantenho meus lábios contra sua pele.

— Você não vai se arrepender disso.

— Eu sei — ela sussurra. — Acredite em mim, eu sei.

Capítulo 14
Respire
(02:00 da manhã)

Sean

Deitado de costas no quarto principal no terceiro andar, encaro o teto enquanto o sono me escapa. Olho para o criado-mudo e vejo a hora no relógio: já são mais de duas da manhã, mas não me importo. São as primeiras horas do domingo e a mulher que nunca me canso de ter está dormindo em meus braços. A cabeça dela descansa na curva do meu ombro, sua perna nua enroscada na minha e sua mão apoiada sobre o meu peito, diretamente acima do meu coração.

Não deveria ser tão certo, deveria? O que quer que seja isso entre mim e Sammy não deveria parecer tão bom logo de cara, como se não tivéssemos perdido uma década.

Meus planos de trazê-la de volta para o meu apartamento e reconectar-me com ela da maneira física mais prazerosa foram por água abaixo quando Sam adormeceu no meu ombro no carro a caminho de casa. Porém, não fiquei puto; Sam ainda estava levemente embriagada e sonolenta após seu pós-orgasmo adorável. Quando chegamos à minha porta, carreguei-a escada acima até o meu quarto e deitei-a na cama.

— Não posso dormir de roupa — murmurou, enquanto tentava desajeitadamente tirar o vestido por cima sem se levantar, murmurando o tempo todo. — Vou dormir pelada — disse para mim.

— Espere, Sammy, vou ajudá-la.

— Você só me quer nua e implorando. — Sua voz rouca e arrastada me afetou.

Inclino-me e passo minhas mãos grandes por seu quadril e levo junto o material macio de seu vestido, certificando-me de sentir a maciez de sua pele sob meu toque. Não ignorei os pequenos tremores e arrepios que eclodiram em seguida, e tive que conter um rugido quando Sam arqueou as costas inconscientemente e levou seus seios para ainda mais perto do meu rosto.

Esse não era meu único problema.

a) Havia uma Sammy meio nua deitada na minha cama, na minha casa; nós dois a sós sem o risco de qualquer interrupção pelas próximas oito horas, pelo menos.

b) Sam estava toda sexy, divertida e linda, e eu não queria fazer nada até que ela estivesse acordada, sóbria e linda.

c) Minha cueca boxer que tapava a boceta lisinha dela me provocava. Era bem difícil controlar minhas mãos quando me dava conta do que estava embaixo, depois que ela insistiu que eu trocasse sua calcinha.

d) A imagem dos seus seios através do sutiã preto de renda implorava para que eu colocasse minha boca nela.

Minha noite tinha ido por água abaixo quando vi aquele cretino alisando-a na minha boate. Quando Sam me viu, vi a culpa que passou por seu rosto. Eu podia dizer que ela estava pensando em mim, me imaginando... não, *desejando* que fosse eu com ela, tocando-a e beijando-a.

Não me entendam mal, sou a favor de um exibicionismo no contexto certo. Mas assistir a mulher que quero, que *preciso*, simular sexo na minha frente não é a minha praia, por isso instruí o segurança que Sam teria permissão para subir se ela se aproximasse, porém ninguém mais, e que eu estaria em meu escritório caso alguém precisasse. Foi a coisa mais difícil do mundo virar as costas e me afastar dela.

Mas nos afastarmos parece ser um costume ruim nosso, não é?

Consegui vesti-la com uma de minhas camisetas e uma boxer para que sua dignidade permanecesse intacta. Quando ela já dormia profundamente no seu lado na minha cama, fui até o banheiro da suíte e liguei o chuveiro, sem me importar em fechar a porta. Não esperei a água aquecer, e imediatamente sou atingido pelo frio da água de todos os seis jatos, vindos de todas as direções. Sentindo minha recém-construída luxúria diminuindo junto com o estresse da noite, finalmente começo a relaxar. Meu pau ainda ansiava por alívio. Juro, estava com dor física por estar excitado por tanto tempo.

Mas resisti à tentação de me aliviar sozinho no chuveiro. Saí e me sequei antes de voltar para o quarto, deixando a toalha que estava em volta da minha cintura cair, e me juntei a ela na cama.

Viro minha cabeça para o lado e vejo o subir e descer do seu peito. Imagino se mudará de ideia quando amanhecer; se vai reforçar suas defesas e se fechará novamente. Merda, espero que não. Terei que distraí-la para que isso não aconteça.

Tem algo sobre ter uma mulher nua em minha cama usando algo meu que me satisfaz. Sam realmente está aqui, de volta à minha vida e à minha cama. Se me perguntassem um mês atrás se pensei que isso fosse possível, teria rido e falado para ir pastar.

Viro-me de costas e coloco o braço atrás da cabeça. Duas da manhã e estou em casa, na cama, com uma linda mulher. Isso é inédito, mas, porra, como eu gosto disso! Muito. A única coisa que deixaria ainda melhor seria se Sam estivesse nua e acordada, contorcendo-se debaixo de mim.

Sam rola para o meu lado, engancha suas pernas nas minhas, coloca seu corpo contra o meu e descansa a mão sobre o meu peito, exatamente no meu coração. PORRA! Isso instantaneamente faz meu pau levantar de novo. Na hora que pensei que seria capaz de sobreviver até de manhã.

Levo minha mão esquerda até meu pau e aperto-o com força, desejando que o filho da puta se acalme e me deixe dormir. Ao invés disso, fica apenas mais duro. A perna de Sammy se move contra a minha, sua pele macia vagarosamente deslizando para cima e para baixo. Inclino meu rosto e vejo que seus olhos ainda estão fechados e sua mão sobre meu peito não faz movimento algum. Ainda está dormindo.

Por força do hábito, minha mão segura com mais força meu pau e desisto de não dar a mim mesmo algum alívio. Merda, isso é bom. Sinto seus dedos se contorcerem sobre mim. Aperto ainda mais e dou estocadas lentas, abafando um gemido quando a perna de Sam repete o movimento tortuoso para cima e para baixo.

Eu deveria parar isso imediatamente, mas, com Sammy meio nua ao meu lado e sua perna imitando os movimentos do meu pau, parece impossível.

Outra estocada, e outra dose de prazer passa por mim.

Na hora que olho para minha mão em meu pau, a mão de Sammy lentamente desce por meu peito. Seu dedo indicador traça linhas em meu abdômen até que sua mão esteja envolvendo a minha. Sam movimenta nossas mãos em meu pau, para cima e para baixo, vagarosamente aumentando a velocidade. Ela aperta sua mão ao redor da minha e, dessa vez, não me incomodo em esconder minha satisfação, praguejando suavemente a cada respiração enquanto nos observo, cativado pela visão de nossas mãos unidas movimentando meu pênis ansioso. Coloco minha mão sobre a sua e a direciono; o primeiro toque de sua pele suave em mim manda um sinal de total satisfação por meu corpo.

Viro minha cabeça e seus brilhantes olhos verdes me encaram. Sam inclina a cabeça até que nossas bocas estejam quase se tocando. Nossas mãos não param, e ela passa a língua pelo contorno da minha boca. Gemo e ataco sua boca com uma fome renovada, nossas línguas se enrolando e nossas mãos acelerando.

Nossas mãos se movem para cima e para baixo e minha língua se enrosca com a dela. Nossos lábios não se desgrudam quando começamos a respirar mais pesadamente e meu clímax me atinge rápido.

— Porra, Sammy, não pare — murmuro. Ela se afasta e começa a beijar meu pescoço enquanto aperta meu pau, silenciosamente, desejando que eu termine o que comecei.

— Porra, Sammy! — grito, quando atinjo o clímax, nossas mãos ainda se movendo quando gozo em minha barriga.

Viro a cabeça e assalto sua boca, murmurando palavras de apreciação e de satisfação entre os beijos.

Bem, foda-me, a mulher não está se afastando.

E foda-se se não estou ansioso por tê-la novamente.

Sam

Abro os olhos e vejo o peito duro de Sean debaixo de mim. Seu peito sobe e desce de forma suave, mostrando que ele dorme profundamente, e uma sensação esmagadora de conforto passa por mim.

Eu fiz isso. Ontem à noite, não foi um sonho, quando desisti de lutar e fui ao escritório dele, entregando-me a este homem que tem invadido meus pensamentos e sentidos pelas últimas semanas. Movo-me levemente, sentindo seu braço descansar gentilmente no meu quadril, minha perna sobre a sua como se fosse apenas outra manhã qualquer. Uma ocorrência diária. Minha mão está posicionada sobre seu coração, e a batida constante vibra por meus dedos. Sua pele macia e quente pede que eu passeie com minha mão e explore seu corpo forte e esculpido novamente.

— Bom dia — murmura ele, rouco. Levanto minha cabeça e encontro seus olhos azuis meio abertos e cheios de calor, imediatamente acendendo meu desejo por este homem lindo.

Sorrio.

— Bom dia.

— Como está se sentindo? — pergunta, levantando a mão e tirando o cabelo rebelde do meu rosto.

— Estou bem — sussurro, cedendo à tentação e flexionando meus dedos contra seu corpo. — Não foi um sonho.

Seus lábios se apertam.

— Não, Sammy. Definitivamente não foi um sonho. Sem arrependimentos?

— Nenhum. Bem, talvez um...

Suas sobrancelhas levantam, surpresas.

— Um?

Rio suavemente de sua reação. Ele obviamente está pensando o pior.

— Não, isso não. De jeito nenhum. Foi provavelmente a decisão mais fácil que tomei em tempos. Só me arrependo de ter dormido na noite passada...

— Bem, *isso* nós podemos resolver. — Ele segura minhas bochechas nas mãos e inclina a boca, beijando vagarosamente meus lábios. Sua língua faz pequenas investidas contra a minha e, com isso, meu corpo derrete contra o dele. Levanto minha perna mais alto e esfrego minha coxa contra seu pau duro. Minha boceta se contrai de ansiedade. Sean geme em minha boca conforme nosso beijo se intensifica; minha língua submete-se à sua, e seus dedos cravam em meus quadris; sua mão aperta meu queixo conforme Sean ataca minha boca com uma fome renovada. Afasto-me ligeiramente da sua boca, ofegante, agora que esfrego meu quadril contra o seu pau duro.

— Preciso estar dentro de você, Sammy. Preciso disso mais do que minha próxima respiração. Preciso fazer amor contigo, assegurar a mim mesmo que você está aqui comigo, na minha cama. — Suas mãos descem para o meu pescoço, indo até os meus seios, segurando-os e passando o polegar pelos mamilos duros. — Preciso de você... sentir suas unhas apertarem meus ombros enquanto a provo. Preciso sentir sua boceta apertando meu pau enquanto a penetro novamente. Preciso fazer meu cada centímetro do seu corpo... fazê-la gozar com força em mim. Quero ouvi-la gritar meu nome enquanto me movo dentro de você.

Porra! Preciso disso e mais até.

— Sim. Quero você. Faça meu corpo seu novamente, Sean.

— Com todo prazer, querida.

Tiro a camiseta antes que ele role sobre mim, deitando com seu corpo firme sobre o meu. Minhas coxas instantaneamente se abrem para acomodar seu pau duro. Sean me beija rápido e com força novamente, sua língua explorando minha boca com a fome de quem ansiava por aquilo há muito tempo. Ele me surpreende com sua fome voraz, experimentando e tomando minha boca com um calor que eu era apenas capaz de sonhar. Sean abaixa um pouco o corpo e salpica beijos em meu pescoço, mordendo suavemente e dando leves lambidas. Ele se move mais para baixo e toma um mamilo na boca enquanto sua mão gentilmente aperta o outro seio. Gemo de prazer quando os impulsos seguem direto para minha boceta, umedecendo-me e me preparando para sua invasão mais do que bem-vinda.

— Sean — gemo, e ele me olha, distribuindo mais beijos conforme sua boca vai descendo por minha barriga até chegar ao meu clitóris pulsante. Enganchando os dedos no cós da boxer que estou usando, Sean lentamente a desliza por minhas coxas e a lança por cima de seus ombros. Em seguida, volta vagarosamente suas mãos para o meu corpo até que sou uma bagunça, me contorcendo e ofegando embaraçosamente enquanto Sean abre minhas pernas e passa o polegar para me abrir. Com um sorriso malicioso, me encara e se lança em minha direção, fazendo círculos em meu clitóris com a língua, fazendo-me tremer inteira.

Minhas mãos automaticamente seguram sua cabeça, e meus dedos enrolam em seu cabelo e firmemente o seguram contra mim.

— Uh-uh — ele diz, envolvendo suas mãos ao redor dos meus pulsos e os puxando em direção à cama, mantendo-os firmes no lugar conforme Sean continua sua dança, circulando, sugando e me lambendo de ponta a ponta enquanto meu corpo canta de desejo. Meu coração acelera, sabendo que tenho que aceitar o que quer que ele tenha a me dar, sentir o que quer que queira me fazer sentir. Minha barriga se contrai conforme meu clímax se aproxima, e, no momento em que Sean envolve meu clitóris com seus lábios e o suga com força, me desfaço em um milhão de pedaços.

— Sean! Merda! Porra! Ah, meu Deeeeeeeus! — grito e arqueio as costas, com meu quadril firme contra a sua boca. Sean gentilmente diminui o ritmo e lambe suavemente minha fenda para trás e para frente. Tenho a sensação de estar saindo das ondas de prazer e voltando à Terra. Estou nas nuvens quando ele se move para cima do meu corpo, arrastando seu peso sobre mim até que sinto seu pau duro e macio mais perto do meu núcleo.

Sean me beija e move minhas mãos para cima da minha cabeça, sem soltá-las, como se fossem parte dele mesmo. Meu sabor doce em seus lábios me deixa num frenesi ao ponto de eu passar minhas pernas ao redor do seu quadril, puxando seu corpo forte de encontro ao meu. Gemo quando Sean se esfrega contra mim.

— Por favoooooooor... — gemo.

— Merda! — Sean amaldiçoa, enquanto descansa a testa contra a minha e acalma os movimentos tortuosos.

Incapaz de tocá-lo com minhas mãos, levanto meu rosto e beijo seu maxilar amorosamente.

— O que há de errado? Não pare.

Ele levanta a cabeça e olha diretamente para mim, seus olhos ainda escuros de luxúria, porém suaves e gentis.

— Não tenho camisinha aqui. Está lá embaixo na minha carteira. — Juro que ele fica corado de vergonha. Meu dominador grande e mau com vergonha? Nunca pensei que veria esse dia. Sean começa a se afastar, mas passo as pernas ao redor do seu quadril, prendendo-o no lugar e começando a rir.

Depois de me encarar em descrença, sua careta se transforma num sorriso.

— Do que está rindo?

Leva alguns minutos até eu me recompor.

— Eu tenho um implante contraceptivo e sempre uso camisinha, mas confio em você, Sean... — Olho-o e minha expressão fica séria quando percebo quão grande é esse passo. Isso é o mais vulnerável que já fui com ele, o mais aberto, confiante e voluntário. Sean acena em concordância e inclina o corpo, trazendo seus lábios de volta aos meus, mantendo os olhos abertos enquanto me explora carinhosamente com sua língua, depois mordendo meu lábio inferior antes de sugá-lo para dentro de sua boca.

Seu pau duro sonda minha entrada, e instintivamente abro minhas pernas ainda mais, convidando-o. É um convite que ele não precisa. Com meus pulsos presos sob minha cabeça, seus lábios esmagados contra os meus, Sean lentamente faz seu caminho para dentro de mim, minhas paredes o apertando com força.

— Porra, Sammy. Você é incrível. Preciso me mover. — Totalmente sem palavras, tudo que consigo fazer é levantar o quadril de encontro ao dele, encorajando-o a fazer amor comigo.

Nossos quadris se movem ritmicamente um contra o outro, com Sean estabelecendo uma velocidade lenta e torturante, atiçando tudo dentro de mim e que vem ameaçando explodir desde que acordei.

— Segure a cabeceira, Sammy. Segure-a e não solte — ordena, sua voz saindo como um rosnado baixo. Ele solta meus pulsos e eu estico meus dedos, rodeando as ripas de madeira grossas da cabeceira da cama, investindo contra Sean enquanto ele continua a bombear dentro de mim. A emoção que sinto em fazê-lo perder o controle aumenta meu prazer. Saber que minha submissão é uma dádiva para ele, tal como sua dominância o é, me leva mais longe do que já fui. Gemo quando ele suga com força a pele delicada abaixo do meu pescoço. Sei que vou ficar com a porra de um chupão ali, mas agora tudo o que quero é que Sean perca o controle; quero que vá fundo e me dê um sinal de que está tão excitado quanto eu estou agora, pois, em segundos, irei explodir novamente.

— Estou tão perto... Merda, porra, estou perto. — Ofego em seu ouvido. — Sean, preciso...

— Feche os olhos. Quero que sinta tudo. Meu pau duro investindo contra você, minha boca molhada em sua pele, meu corpo suado esfregando contra o seu. Me sinta, Sammy. Sinta tudo e me dê o mesmo de volta.

E assim o faço.

No minuto em que fecho os olhos, posso sentir cada centímetro quente de Sean e como ele adora meu corpo. Ele não está apenas fazendo amor comigo, está me consumindo, me possuindo, e, porra, eu amo isso.

— Quero gozar, Sammy. E quero que você goze com força. Quero senti-la apertando meu pau enquanto a preencho. Preciso senti-la, Sammy. Porra... Goza. Goza agora!

Sean investe mais duas vezes, enfiando seu pau até a base e tomando minha boca vigorosamente. Ele geme sua libertação conforme caio do penhasco, meu orgasmo passando por mim enquanto aperto minhas coxas ao redor dele e aproveito o passeio.

— Porra, sim — afirma, e descansa seu peso sobre meu corpo agora gasto. — Por Deus, eu senti sua falta Sam. Senti muito sua falta.

Quando um homem intenso e forte, que normalmente mantém seus sentimentos sob controle, se expressa tão claramente e com tanta certeza sobre si mesmo, a mulher que partiu seu coração e tomou seu tempo para escutar. Fico calada enquanto Sean sai de cima de mim e me puxa para seu lado, correndo as mãos para cima e para baixo por minha pele suavemente. E, pela primeira vez em muito tempo, sei que finalmente fiz a coisa certa.

Estou em casa.

Capítulo 15
Adeus, meu amor

Sean

— Então, preciso amarrá-la na cama enquanto vou ao banheiro?

Sam arregala os olhos, e não me escapa quando ela enrubesce por causa da minha ameaça.

— Não... Por que o faria? — Suas sobrancelhas se franzem e o olhar de confusão em seu rosto é adorável.

Inclino-me e dou um leve beijo na ponta de seu nariz.

— Bem, espero que não queira fugir de mim agora que te dei dois orgasmos de café da manhã, mas, quando se trata de você, nunca posso adivinhar. — Pisco e ela me dá um leve tapa no peito.

— Bem, a gente sempre pode tomar banho junto, sabe. Assim, estaremos salvando o planeta *e* você não terá que se preocupar sobre eu desaparecer como que por magia. — Ela ri antes de sair da cama e caminhar para o banheiro, fechando a porta atrás de si.

Fico lá, atordoado.

Primeiro, no retorno da diversão, a Samantha despreocupada por quem me apaixonei.

Depois, pela visão de seu traseiro nu enquanto ela ia toda safadinha para o banheiro.

— Você tem cinco minutos até eu correr atrás de você! — digo, sentindo meu pau endurecer com o mero pensamento de tê-la novamente.

— Promessas e promessas, *senhor* — ela diz. Isso é toda a motivação de que preciso. Tiro o cobertor e com prazer vou até o banheiro. Abro a porta e sou recebido por uma lufada espessa de vapor.

— Acha que pode se esconder aqui? — pergunto, provocativamente, enquanto caminho cegamente pelo banheiro, com as mãos estendidas na altura do que seria seu quadril e procurando por seu corpo quente e nu através da névoa improvisada.

— Achei que você iria curtir a emoção da caça.

— Eu caçaria você em qualquer lugar, Samantha Richards.

— Tentei resistir e olha como *isso* acabou. Acho que eu poderia apenas ficar e ver o quanto seu velho corpo pode me acompanhar, agora que estou no meu primor sexual — murmura ela em meu ouvido. Ponho meu braço ao redor da sua cintura e a coloco de costas contra meu peito. Seguro seu cabelo, inclino sua cabeça para o lado e mordo sua nuca e sua clavícula. Sam solta um gemido baixo e meu pau endurece conforme libero meus dentes e passo a língua por sua pele vermelha.

— Você pagará por esse comentário.

— Estou contando com isso — responde ela, sua voz rouca mostrando o quanto gosta de ser caçada.

Uma hora mais tarde e já sem água quente, Sam pagou pelo comentário três vezes: uma vez com meus dedos, uma com minha boca e, por último, enfiei meu pau nela por trás, quando ela estava com as mãos apoiadas na parede e arrancava um orgasmo de mim.

Depois de uma rápida ida ao seu apartamento para pegar algumas roupas limpas, fomos tomar café da manhã. Quando ela me disse que não teria que voltar a trabalhar até amanhã, perguntei se queria passar o dia comigo. Nós temos muito o que colocar em dia, e muitas falhas de comunicação para esclarecer. Com o intuito de seguir em frente, precisamos de algo novo. Ah, e ainda tem o pequeno problema da intromissão da mãe dela, há dez anos, para resolvermos.

Tenho o dia que terminamos ainda fresco em minha mente. Sam estava me evitando nos dias anteriores, depois que conheci sua mãe pela primeira vez. Deixe-me contar: Debra Richards é uma filha da puta durona, e o jeito que repreendia Sam me deixava insatisfeito.

Tanto meus pais quanto meus avós criaram Ryan e eu com amor, apoiando-nos enquanto nós lutávamos para nos tornar nós mesmos, seguir nossos próprios caminhos e forjar novos, onde não havia nenhum. Mas Sammy... a ela foi dada uma outra perspectiva, uma que sua mãe incutiu nela, que dizia que sob nenhuma circunstância Sam deveria deixar um homem tomar conta dela, que nunca deveria confiar em um homem porque Deus a proibia de cometer os mesmos erros que Debra.

Após dois dias que Sam ficou se escondendo no quarto, combinei com Helen para ir ao quarto delas e levar comida chinesa, uma garrafa de vodca e um sorriso, e que ela também não estivesse lá quando eu chegasse. Quando Sam atendeu a porta, vi que ela estava uma bagunça. O cabelo estava amarrado num rabo de cavalo frouxo e ela vestia uma calça legging e uma camisa duas vezes maior que ela. Mas ainda continuava a mulher mais bonita do mundo.

Nada parecia fora de ordem naquela noite, mesmo quando a empurrei de volta para a cama e tirei suas roupas, levando o tempo necessário para fazê-lo, esticando suas pernas sobre a cama para que ela ficasse ainda mais aberta para mim. Fiz com que Sam gritasse meu nome até que estivesse com a voz rouca. E, quando finalmente soltei suas pernas, imediatamente Sam as colocou em volta do meu quadril e arqueou as costas em minha direção, deixando os seios próximos à minha boca enquanto eu chegava ao clímax.

Tomamos banho juntos e lavamos um ao outro cuidadosamente. Depois, adormeci com Sam, que já dormia profundamente em meus braços, como várias vezes já tínhamos feito. Se soubesse que teria sido a última vez, teria ficado acordado, feito amor com Sam mais uma vez e me certificado de que a deixei com uma última memória de nós, uma que ela não poderia esquecer.

Quando acordei, a cama estava vazia. Olhei ao redor e vi Sam sentada na cama da Helen, do outro lado do quarto.

— Linda, gosto mais quando posso senti-la, não apenas vê-la.

Sam sorriu suavemente, mas seus olhos diziam algo diferente. Havia dor e sofrimento, e eu simplesmente não entendi aquilo até que ela abriu a boca e disse as palavras que nunca pensei que escutaria dela.

— Não acho que vamos dar certo, Sean. — Eu observei, em choque, enquanto Sam engolia em seco. — Acho que somos muito diferentes. Sua necessidade por controle é muito para mim. É melhor terminar agora, antes que um de nós se machuque. Estou me perdendo, perdendo minha identidade. A faculdade é um período muito curto em nossas vidas, e preciso focar na minha graduação e me jogar na experiência de vida na faculdade. Estar num relacionamento sério não me ajudará nisso.

Encarei-a em choque. Levantei-me e coloquei minha boxer e a calça. Em seguida, procurei pela camisa, descartada no chão. Por fim, enfiei minha carteira no bolso e caminhei até Sam.

— Sammy, não sei de onde surgiu isso, mas talvez você precise de um tempo para pensar. Ver que sua mãe fez com que você visse coisas que não existem...

Estendi minha mão em sua direção, desejando puxá-la para meus braços, mas Sam apenas me olhou com cautela antes de se levantar por conta própria e caminhar ao meu redor, sem sequer querer que eu a tocasse. Posso dizer que senti um aperto em meu peito.

— Porra, Sammy. O que você acha que está tentando fazer? O que aconteceu entre ontem à noite e hoje de manhã? Não me lembro de ouvi-la reclamar quando estava dormindo em meus braços. Então, por que acordou parecendo uma réplica de Debra Richards com um machado em mãos para combater a raça masculina? — Eu sabia que não deveria ter ficado com raiva, mas estava confuso pra cacete e Sam não estava explicando de onde tudo aquilo tinha vindo. Ela estava dizendo coisas que poderiam ser lidas direto do manual da sua mãe filha da puta.

Suspirando alto, Sam caminhou até a porta e pousou a mão sobre a maçaneta.

— É o melhor, Sean. Sou mais fraca quando estou com você. Você já está se formando, eu ainda tenho um ano para terminar. Acho que isso é o que... precisamos. — As últimas palavras foram instáveis, na melhor das hipóteses. Sabia que era a mãe dela fazendo isso, mas não havia como racionalizar com Sammy quando estava tão resoluta sobre algo.

Vou para a porta, agora aberta, e paro bem à sua frente. Seguro suas bochechas em minhas mãos e levanto seu rosto na direção do meu.

— Não vou desistir, Sammy. Não entendo isso, mas te conheço. Conheço nós dois. Sei que existe mais para nós do que apenas um romance de faculdade. Você apenas precisa de tempo. Amo você, nunca se esqueça disso. — Coloco gentilmente meus lábios sobre os seus uma, duas vezes, e, quando sinto seu corpo suavizar contra o meu, vagarosamente coloco minha língua em sua boca, fazendo com que sinta minhas palavras profundamente, desejando que Sam sinta tudo o que eu estava tentando dizer nesse último beijo.

Quando terminei o beijo e saí pela porta, olhei uma vez para trás, apenas para ver a porta se fechando rapidamente e meu coração sendo despedaçado. Mas foi só quando entrei em casa e encontrei Ryan chorando no chão ao lado do corpo do meu avô que eu soube como era perder quase tudo de importante na vida.

E, quando voltei ao dormitório da Samantha para encontrá-la, para brigar por ela, no momento em que eu mais precisava, Sam não estava mais lá para mim.

Sam

Helen: Samantha Grace Richards, onde você se meteu na noite passada? Tanner estava puto, e a última vez que você foi vista foi subindo as escadas da Throb.

Sam: Nada de nome completo comigo! Estou bem, mais do que bem. Estou com Sean...

Helen: AH, MEU DEUS!

Alguns minutos depois, meu telefone vibra novamente.

Rico: Tenha cuidado, *minha amiga*.

Rio comigo mesma, ganhando um olhar enviesado de Sean e um aperto na minha mão que está entre os nossos assentos.

Sam: Então estamos de volta às mensagens de ataque em grupo?

Helen: O que você esperava? Garota, é melhor me ligar hoje à noite e me dar um relatório detalhado. Sei que o sexo deve ter sido de outro mundo!

Sam: Sem comentários.

Helen: Ah, vamos lá. Me dê algo para passar o dia.

Rico: Por favor, pelo amor de Deus, dê algo para que ela cale a boca ;)

Penso por um momento. Realmente não quero estourar a bolha de Sean e

Sam ainda. Preferiria ter um dia sem interrupções para que possamos descobrir para onde estamos indo. Com isso em mente, envio uma última mensagem.

Sam: Ontem à noite foi para mim no escritório dele; para ele, na cama dele; depois, para nós dois hoje de manhã...

Rico: Acho que já gosto desse cara.

Rico: E você teve êxito em calar a boca da Hels. Você é uma lenda! Divirta-se, conversamos hoje à noite.

Desligo meu telefone e o entrego a Sean, ganhando uma levantada de sobrancelha.

— Não o devolva até hoje à noite quando eu for para casa. Não quero interrupções. — Sorrio para Sean e seus olhos suavizam quando levanta a mão, coloca-a em minha bochecha e me dá um beijo preguiçoso e gentil que sinto até na ponta dos meus dedos do pé.

As borboletas em meu estômago vibram mais uma vez quando nos dirigimos para o café da manhã. Sei que ele gostará de conversar sobre nosso passado, e, para ser sincera, estou preparada para isso, se isto significar que Sean pode me perdoar e seguir em frente. Não deixei de notar como ele falou comigo hoje de manhã, quando acordamos. Sean estava preparado para me ver fugir, mas esse pensamento nem passou pela minha cabeça. Eu o quero. Quero tudo o que ele representa e oferece. Quero o homem, o dominador, o advogado, a porra do pacote completo.

O que quer que eu tenha que lidar hoje para que eu possa ver isso pode vir.

Capítulo 16
Fugindo

Sam

Estamos há meia hora no café. Sean escolheu sentar próximo a mim, ao invés do lado oposto, e tem sido bem tátil... tocando minha perna com a sua, esbarrando o braço contra o meu quando levanta seu café e me olhando como se ainda não acreditasse que estou aqui. Mas ainda existe uma leve hesitação em seu olhar. Odeio ser a razão disso em seus olhos. Apesar de tudo que aconteceu entre nós na noite passada e hoje de manhã, ainda existe uma parte dele que espera que eu fuja.

Estou cansada de sacrificar minha felicidade pelas aparências. De ficar tentando parecer forte e independente, mesmo não sendo fácil.

— Desculpe — despejei. Não quero esperar nem mais um minuto para ter essa fadada e difícil conversa. — Eu...

Sean para com o café no meio do caminho e me olha.

— Sammy, não... — Vejo choque, depois resignação, em seus olhos, e isso me machuca bem no fundo.

Rapidamente me viro para ele, segurando suas mãos e apertando-as para tranquilizá-lo.

— Não, Sean, não quis... Merda. Estou fodendo com tudo. — Sean franze as sobrancelhas e sei que o confundi.

— Acho melhor você falar de uma vez, pois, nesse exato momento, estou pensando no pior. Estou esperando que fuja de mim... *de novo*.

— Não, Sean, não vou fugir. Eu quero isso, quero você. — Seus lábios se curvam num sorriso e seus ombros relaxam visivelmente. Graças a Deus!

— Já era a porra da hora, Sammy — diz, com um sorriso, e levanta a mão, passando-a em meu cabelo. — Porque eu estava ficando louco imaginando você e aquele babaca.

Solto uma gargalhada sonora.

— Tanner não é um babaca. Apenas queria mais de mim do que eu queria dar a ele ou a qualquer um que não fosse você.

Sean se recosta na cadeira, uma mão apoiada nas costas da minha cadeira, a outra segurando a xícara de café sobre a mesa. Está usando uma camisa branca justa e jeans que acentuam sua bunda e suas coxas como uma stripper segura o pole durante a apresentação.

— Então por que se afastou? Saí da sua cama, cheguei em casa e encontrei meu avô morto no chão da sala de estar. Liguei para você. Fui te procurar.

Engasgo. Não sabia que Sean tinha voltado. Todo esse tempo, pensei que ele tinha se mantido afastado, que não havia lutado por mim.

— Eu... não sabia. Fui direto para o quarto de hotel da minha mãe, depois fui para Kentucky e fiquei com ela por uma semana para lamber minhas feridas e curar um coração partido.

Seu corpo fica rígido, e seus dedos apertam a xícara com força enquanto seus olhos se tornam mais duros e frios.

— Desculpe e espero que me perdoe por dizê-lo, mas isso não torna as coisas menos verdadeiras. Sua mãe foi uma cadela intrometida de duas caras que decidiu que eu não era bom para você depois de passar apenas uma hora comigo, sem querer saber se eu já estava tão apaixonado por você que faria sexo baunilha pelo resto da minha vida apenas para tê-la nela e em minha cama. Eu amava tanto você, Sammy! Tinha vislumbres do nosso futuro juntos, comigo advogando e você ao meu lado, enquanto nós construíamos um império. Você era tudo para mim. No dia em que mais precisei, não pude te encontrar. Sabia que tinha algo a ver com a sua mãe, mas você não conversava comigo. Me excluiu da sua vida como se eu não fosse nada. Talvez eu seja forte e confiante, mas você era meu ponto fraco. Era a única pessoa que poderia me destruir. E o fez.

Meus olhos se enchem de lágrimas com esse lindo homem dominador à minha frente expondo seu coração e sua alma.

— Querida, não queria fazê-la chorar. Nunca tentei te controlar ou dominá-la... bem, não fora do quarto. — As curvas dos meus lábios sobem levemente quando lembro quão verdadeira essa afirmação era, e ainda é. — Eu amava que você fosse forte e independente, que não dependesse de mim para nada, mesmo que eu quisesse que você o fizesse. Eu só queria que você entendesse como eu fiquei, e por que tenho que saber agora se você estava se sentindo da mesma maneira.

Quando voltei para casa e fiquei sabendo da morte do avô dele, já era tarde demais para prestar minhas condolências. Enviei um cartão e flores para sua casa, mas nunca obtive um retorno. Depois, o vi com outra garota numa festa de fraternidade, e meu coração afundou. Foi quando decidi focar na faculdade, nos meus amigos e seguir em frente com minha vida, mesmo sabendo que parte do meu coração estava perdida.

— Então, por que não voltou para mim, Sammy? Recebi seu cartão, mas você nunca me ligou. Nunca te vi pelo campus, e, depois que me formei, nossos caminhos nunca se cruzaram.

A pergunta de um milhão de dólares. Mesmo depois de perceber que minha mãe estava errada e Sean não era como o meu pai, por que não lutei por ele? Por que não tentei recuperá-lo?

— Teimosia orgulhosa? Estupidez? Ciúme? Vergonha? Escolha. — Dou de ombros, olhando para baixo, pois estava muito assustada para encará-lo e ver qualquer emoção que estivesse em seus olhos me estudando.

Sean se inclina e coloca o dedo embaixo do meu queixo, levantando minha cabeça para que meus olhos encontrem os seus. Seu olhar está inabalável enquanto estuda meu rosto.

— Linda, eu estava te esperando. Precisei de você e você não estava lá. Você desapareceu e eu não conseguia falar contigo. Eu a aceitaria de volta num segundo. Que inferno! Se tivesse me dito que estava pronta no corredor daquele hospital, eu a teria levado de lá na hora.

Meu coração incha. Pensava que Sean me odiava, principalmente depois de tê-lo visto com outra garota poucas semanas depois que terminamos. Pensei que eu não significava nada para ele e que minha mãe estava certa todo esse tempo.

— Jennifer Murray. Você estava com ela naquela festa de fraternidade.

— Ela era a nova namorada do Harry. Estava com Jennifer quando Harry não estava ao redor. — Sean me olhou incrédulo. — Pensou que eu a

Felicidade Desejada 133

substituiria assim? Ficamos juntos por um ano, Sammy. Nenhuma vez nesse ano pensei sequer em olhar para outra mulher.

— Ah — murmurei, me sentindo totalmente estúpida. — Quer dizer, poderia ter ido até você e implorado, e nós estaríamos juntos? Se não tivesse escutado minha mãe e ido para casa com ela, se tivesse ficado no meu dormitório, teria te visto novamente?

Sean se levanta, me puxando com ele e passando seu braço ao redor de mim, gentilmente segurando meu pescoço com uma de suas mãos. A outra segura minha bochecha e eu respiro profundamente.

— Se tivesse se aproximado de mim a qualquer momento nesses últimos dez anos, Samantha Richards, eu teria feito exatamente isso... — Sua boca está na minha, com velocidade e força, clamando, sem deixar nenhuma dúvida do significado por trás disso. Passo os braços ao redor do seu pescoço e respondo ao beijo fervorosamente, gemendo em sua boca em súplica enquanto Sean continua a me beijar loucamente. Ele está se certificando de que eu entenda a mensagem.

Sean me quer agora, me queria antes, e, sentindo seu pau duro contra minha barriga agora, ele deseja tanto quanto eu que nós não estivéssemos no meio de um café cheio agora.

Afasto-me dele e o olho completamente ciente do sorriso bobo e estúpido em meu rosto.

— Terminou o café da manhã? — pergunto, sem fôlego, recuperando-me do beijo que me fez derreter.

— Fiquei de repente com fome de outra coisa. Deveríamos levar a festa para outro lugar? — ele pergunta, com aquela voz baixa e profunda que mexe comigo, que faz com que meu estômago se contorça e minhas pernas se apertem uma contra a outra.

— Porra, sim.

— Amo essa sua boca suja — murmura. Ele joga dinheiro na mesa e me leva de volta para seu condomínio.

Assim que a porta se fecha atrás de mim, sou jogada com força contra ela. Suas mãos deslizam pelo meu cabelo e o enrola gentilmente enquanto ele guia sua boca até a minha e investe com a língua. Meu corpo rígido automaticamente relaxa sob seu toque. Minhas mãos seguram os ombros dele e tento corresponder a cada investida. Meu coração bate em meu peito e meus mamilos pulsam conforme Sean me prende ainda mais contra a porta de madeira. Ele se inclina ligeiramente para baixo e faz com que seu pau duro pressione meu clitóris. Eu gemo audivelmente em sua boca.

— Porra, preciso estar dentro de você. Preciso sentir meu pau te fodendo todinha. — Suas palavras cruas enviam ondas de luxúria pelo meu corpo. Estou presa contra o corpo dele. Meus quadris ganham vida própria e se esfregam contra seu pau. Sean traça um caminho de beijos pelo meu pescoço, alternando entre leves mordiscadas e chupões firmes em minha pele delicada.

— Me leve para a cama, Sean.

— Porra, com certeza.

Sean desliza as mãos pelas minhas costas e as engancha embaixo de minha bunda, levantando-me. Sem poder fazer mais nada, passo minhas pernas ao redor da sua cintura e ele me leva sem esforço algum para a sala de estar preenchida pela brilhante luz solar, a parede de janelas iluminando a sala.

— Fode-se a cama. Não posso mais esperar — ele murmura, e enterro meu rosto em seu pescoço, desesperada para prová-lo de qualquer modo que puder. Sean me coloca no sofá de couro cinza e me segura ainda mais enquanto desliza seu pau entre minhas pernas, propositalmente torturando-me lentamente. Um lembrete do que ele tem e o quanto sabe que quero isso.

Sean desliza pelo meu corpo e se ajoelha a meus pés. Ele tira meus sapatos e desabotoa meus jeans, gentilmente puxando-o pelas minhas pernas. Sua mudança de áspero para gentil embaralha meu cérebro conforme tento acompanhar as diferentes sensações que Sean causa em meu corpo. De repente, sua boca está em mim, começando nos dedos dos meus pés, seguido de um beijo no arco. Suas mãos acariciam minha pele conforme ele se movimenta para minhas pernas agora separadas. Fecho meus olhos, tentando absorver a experiência de Sean de joelhos adorando meu corpo. Sinto seu hálito quente em minhas coxas trêmulas quando Sean agarra minha lateral e passa a língua pelo vinco do meu quadril, muito perto de onde meu corpo clama por ele. Sean repete todo o processo do outro lado, suas mãos mantendo meu quadril para baixo enquanto ameaço ir ao seu encontro.

— Paciência, Sammy. Você sabe...

Sua voz diminui gradativamente conforme ele passa o nariz pela minha fenda molhada. Mesmo por cima da calcinha, não tem como Sean não notar a umidade e o cheiro do quanto o desejo. Uma de suas mãos se move, e com um grunhido e um rasgo, minha calcinha vai embora e a língua de Sean está enterrada em mim profundamente. A ponta de seus dedos aperta minha pele num delicioso contraste quando ele devora minha boceta como um homem faminto.

— Porra, Sean! — grito, quando ele muda sua atenção para o meu clitóris inchado e mordisca meus nervos sensíveis, causando espasmos em meu corpo quando suga com força. Meu corpo está indo de encontro a um clímax alucinante. Incapaz de falar, me deixo levar e confio que Sean cuidará de mim.

E assim ele o faz.

Sua boca sai de mim e dois dedos são introduzidos. Gemo de satisfação quando Sean acrescenta um terceiro dedo.

— Porra, amo sentir sua boceta, Sammy. Tão molhada, tão faminta. Está apertando tanto meus dedos! Não vejo a hora de sentir isso em meu pau. — Estou ofegante agora, com a respiração curta e dura, esforçando-me para não gozar. A mão de Sean segura a minha e acaricia meu clitóris com meu dedo estendido.

— Leve a si mesma lá, Sammy. Quero vê-la se fazendo gozar enquanto minha língua está enterrada em sua boceta. Faça isso agora, Sammy. — Então seus dedos são substituídos por sua língua e pouco me importo que eu esteja me masturbando na frente desse homem dominante. Levanto a cabeça e encontro seus olhos assistindo meus dedos esfregando meu clitóris desesperadamente, então eu gozo com força e gritando o nome de Sean como um epitáfio enquanto ele lambe e suga minha boceta, provando meu clímax ao mesmo tempo em que volto gradativamente à Terra.

Sean se levanta e tira sua camisa e calça enquanto eu me sento e tiro minha camiseta e meu sutiã, jogando-os no chão. Inclino-me no sofá e meus olhos passeiam pelo seu corpo duro e definido até seu pau. Quando volto a olhar seu rosto, encontro um sorriso conhecedor.

— Acho que você já se divertiu, agora é a minha vez. — Sua voz é baixa, autoritária, e me chama num nível instintivo que eu senti falta por anos.

— Sim — sussurro, minha garganta seca em antecipação das promessas do que Sean pode fazer e o jeito que pode me fazer sentir. Não consigo resistir a ele.

Sento em frente a ele. Preciso tocá-lo. Passo minhas mãos pelos seus braços e ao redor do seu quadril, e minha boca desce até seu pau. Passo a língua pela cabeça dele — o sabor desse homem é intoxicante. Seguro-o na base, envolvo-o com meus lábios e sugo na ponta com força antes de descer seu comprimento, sugando-o no caminho de volta.

— Porra, Sammy. Não sou santo, e, definitivamente, não sou um super-herói com resistência de aço. Preciso do meu pau dentro de você agora! — Ele se irrita, pegando meus braços e me levantando, atacando minha boca com uma fome desencadeada.

Não posso fazer nada a não ser me manter firme enquanto sua língua assalta a minha boca. Tento acompanhá-lo, mas minha mente e meu corpo estão em lugares diferentes. Meu cérebro quer que leve o meu tempo e me preencha com esse homem, mas meu corpo quer tudo agora. Em particular, o pau grosso dele. Dentro de mim.

Alargando-me.

Preenchendo-me.

Sean se afasta, seu corpo quente contra o meu é muito para meu orgasmo cerebral.

— Não precisamos de palavras de segurança, nem nada. Você diz para, eu paro. Diz não, e paro. Mas, a não ser que diga o contrário, vou lhe dar exatamente aquilo de que precisa, Sammy. Quero que fique de quatro, apoiada no sofá, segurando-o firme, sem soltá-lo.

Meu coração dispara e minha respiração acelera com suas palavras e sua voz... Porra, tudo passa por mim. *Isso! Isso* é o que Sean me oferece, porque nos conectamos. Porque nenhum outro homem jamais chegou aos pés dele. Meus joelhos estão trêmulos quando sigo suas instruções, inclinando-me sobre o sofá e segurando-o com força. Fico parada lá, de costas para Sean, e a expectativa do que ele fará em seguida ameaça me deixar louca. Mordo o meu lábio, olho por cima do ombro e vejo-o parado atrás de mim, observando-me. Porra, isso é excitante. O calor escaldante do seu olhar me aquece.

— Por favor, Sean. Preciso de algo — imploro desenfreadamente.

Sinto suas mãos deslizando sobre a curva da minha bunda, esfregando minha pele com movimentos circulares.

— Porra, eu amo sua bunda. Tão firme e ainda tão macia... perfeita para minhas mãos. — Ele corre as mãos até a parte de trás das minhas coxas e depois as sobe novamente. Seu toque leve como uma pena eletrifica meu corpo, acordando meus sentidos mais uma vez. Seus dedos deslizam entre as minhas pernas, sentindo quão pronta estou, e choramingo com seu leve toque.

— Quase, Sammy. Apenas lembre-se de segurar e não soltar. Você confia em mim, querida?

Não há um sinal de vacilação em sua voz. Nenhuma incerteza. Não existe nada além de confiança e segurança em suas palavras.

Ele é o meu dominador.

— Sim! Sim, Sean. Por favor, preciso que me toque.

— Onde, Sammy?

— Qualquer lugar! Todos os lugares!

— Eu vou. Eu vou. — Ele inclina o corpo nu sobre o meu. Seu pau escorrega entre as minhas pernas, descansando provocativamente contra o meu clitóris. — Sei do que precisa, Sammy. Não. Solte — reitera em meu ouvido, deslizando as mãos dos meus ombros por minhas costas, enquanto salpica beijos molhados pela minha espinha e o ar refresca a pele conforme o faz. Meu corpo treme enquanto espero que coloque seu pau em mim, mas, ao invés disso, gemo quando ele volta a acariciar minha bunda várias vezes. Então, sem nenhum aviso, ele levanta a mão e me bate. Merda, ele me bate. Ergo a cabeça para me levantar e sinto sua outra mão me empurrando para baixo. Minha pele queima com o calor. O som do tapa faz mais efeito do que causa dor. Gemo, e ondas de desejos vão diretamente para o meio de minhas pernas, e, quando arqueio minhas costas, levantando minha bunda em sua direção, Sean ri consigo mesmo.

— Sabia que iria gostar disso. Você é tão natural, Sammy! Porra, perfeita para mim. — Ele retoma a carícia em minha bunda, e minha pele é aliviada pelo seu toque. Em seguida, me bate novamente. Perco a noção do tempo. Meu cérebro se perde quando me foco no prazer que Sean está me dando. Minha bunda parece estar em chamas, mas assim também está meu desejo por ele.

— Por favooooor — eu choramingo. Sei que estou implorando, mas, neste momento, minha boceta precisa do pau dele como um deserto precisa de chuva. Desesperadamente.

— Eu sei, querida, eu sei. Acredite em mim — murmura ele, enfiando dois dedos em mim. Minhas paredes o apertam e Sean geme enquanto me fode com os dedos, facilitando o caminho para o seu pau. Sorrio, ciente de que ele está tão desesperado quanto eu. Meu curto silêncio se desfaz quando gemo de alívio no momento em que Sean tira os dedos de mim e segura meu quadril com força, antes de enfiar o pau bem fundo.

Ele tira tudo completamente e enfia de novo.

— Merda, eu amo sua boceta apertada. Não vou durar muito. Estou duro desde o café.

— Não pare! — grito, e ele me toma várias e várias vezes até que minhas pernas começam a tremer e me sinto leve. Outro orgasmo surge em mim e seu aperto em meu quadril aumenta, as pontas de seus dedos afundando em minha pele.

— Goze, Sammy. Quero que goze. Agora, Sammy! — ele ruge, me fodendo com mais força e mais rápido, seu pau me preenchendo até que para, todo enterrado em mim, e ele grita meu nome quando atinge o clímax, no mesmo momento que eu.

Encosto a testa no sofá e luto para recuperar o ar. Minhas pernas parecem gelatina, mas Sean passa um braço ao redor de minha cintura e inclina o corpo no meu, descansando a testa em meu ombro, ainda dentro de mim, sem querer quebrar nossa conexão ainda.

— Melhor do que antes — murmura, dando leves beijos em minha pele.

— Melhor do que nunca — acrescento.

Capítulo 17
Feliz

Sean

Desde que Sam e eu voltamos, focamos apenas em aproveitar a companhia um do outro e nos conhecer novamente. Não houve problemas com Ryan, nenhum estresse de trabalho (bem, nada fora do normal), e nada de distrações exceto nós dois, então, entre os turnos de trabalho dela e os meus, diurnos e noturnos, temos agarrado cada chance para passarmos algum tempo juntos.

Mais cedo esta noite, quando passou aqui depois do trabalho, dei-lhe a chave do meu condomínio, um presente que ela aceitou relutantemente. Não porque não queria. Ela explicou que não queria apressar as coisas entre nós. Quando disse que não precisávamos perder mais tempo do que já havíamos feito, seus olhos suavizaram, e ela aceitou a chave graciosamente. Acabei puxando-a com força contra meu corpo e beijando-a até que seu corpo estivesse relaxado e submisso junto ao meu. Depois, tomei-a no chão da cozinha enquanto nosso jantar estava no forno. O que posso dizer? Sou um homem que pode administrar muitas tarefas ao mesmo tempo.

Agora, depois do jantar (e já de banho tomado), estamos deitados no sofá: Sam está deitada à minha frente e enquanto ela assiste Criminal Minds (sim, irônico, eu sei), eu leio um documento. Não somos a imagem da rotina doméstica?

Quando dá o intervalo comercial, Sam se vira para me encarar.

— Almocei com a Helen e o Rico hoje. — Segue-se um silêncio enquanto ela espera por minha reação.

Coloco meus papéis no colo.

— Mmm hmm. Como está a Helen? Ainda implorando por detalhes do quão bom sou entre as suas pernas?

— Sean! Não! Bem, sim... mas não. Ela disse que tem muito tempo que não te vê, desde a faculdade, e adoraria nos encontrar para um jantar numa noite qualquer.

— Parece uma boa ideia. Seria bom revê-la.

— Tem certeza? — pergunta, parecendo cética.

— Claro. Mas por que não os convidamos para vir jantar aqui, ao invés de sairmos? Poderíamos jantar na cobertura. — Os olhos dela se arregalam. Sam segura meu rosto e me puxa para um beijo, um dos suaves e gentis que começam com a língua traçando meu lábio inferior para depois timidamente mover-se profundamente. É tudo que consigo aguentar antes de tomar o controle. Segurando sua nuca, inclino a cabeça e aprofundo minha língua ainda mais, deslizando contra a dela e explorando sua boca; cada beijo é uma nova aventura, outra chance de prová-la.

Diminuo o beijo, movendo minha mão para suas costas e segurando sua bunda, puxando seu quadril de encontro ao meu pau, agora duro. Um beijo e estou ansioso para fazer amor com Sammy. É loucura, mas é uma loucura bem-vinda.

— Por que não convidamos seu parceiro e a noiva dele? Podemos fazer um jantar em grupo.

Sam me olha e sorri. Sua expressão contém espanto e confusão.

— Tem certeza de que você é de verdade? — Ela aperta meu bíceps e depois segura meu rosto. — Parece de verdade.

— Sou de verdade... e estou duro agora. Isso é o suficiente para provar? — Esfrego meu quadril contra o dela novamente, gemendo com o atrito.

— Pode me provar daqui a trinta e quatro minutos, quando meu programa acabar. — Sam me beija rapidamente antes de se virar novamente para a TV no momento em que o programa recomeça.

Rio, pegando meus papéis novamente para lê-los.

— Pode apostar sua bunda de que irei.

Sam

Coloco a camisa azul padrão do Departamento de Polícia sobre meu sutiã de seda preto e minha calcinha, e dou uma conferida rápida no relógio para me certificar de que não estou atrasada para o meu turno. Nosso banho matutino dez minutos atrás foi vigoroso. Começou com Sean me levantando, passando minhas pernas ao redor dos seus ombros enquanto ele fazia um sexo oral que me fez gritar seu nome — que ecoou por todo o condomínio. Depois, ele me colocou novamente de pé, enganchou o braço em um dos meus joelhos e me fez gozar antes de me preencher. O problema era que eu não fiz o que *eu* queria com ele.

Vou até o banheiro de Sean. Minha respiração para quando o vejo parado em frente à pia do banheiro, inclinado com uma mão na borda, preparando-se para se barbear do seu velho jeito, com a lâmina dupla passando por seu maxilar áspero. Vestido com nada mais do que uma toalha branca ao redor da cintura, Sean parece o homem sexy que sei que é. Pingos de água refletem na luz, e tento encontrar forças para me manter longe dele.

Mas, no que se refere a Sean, me manter longe não é uma possibilidade.

Vejo seus olhos pelo espelho e, bem devagar, caminho até ele. Seus olhos verdes escurecem quando vê a expressão de luxúria em meu rosto. Levantando uma sobrancelha, ele silenciosamente questiona minha intenção antes de virar para mim.

— Sammy, o que...

Alcanço-o e coloco o dedo sobre seus lábios, silenciando-o antes de me inclinar e lamber a gota de água irresistível que desce por seu peitoral. Olho-o e gentilmente corro o dedo pelo seu corpo, fazendo uma trilha até ficar de joelhos na sua frente.

— Você está me matando aqui...

— Ainda não, mas me dê um minuto e tenho certeza de que chegarei perto. — Retiro a toalha de sua cintura bem devagar, dando-lhe um sorriso irônico quando fico cara a cara com minha parte favorita do seu corpo duro. Lambo a ponta do seu pau e me movo para colocar todo o seu comprimento em minha boca. O sabor de sândalo de seu sabonete me preenche e me perco nele, sugando, passando minha língua para cima e para baixo em sua extensão acetinada.

— Porra! — Ele deixa cair a navalha na pia, mas o barulho é silenciado por seu gemido alto no momento em que seu pau atinge o fundo da minha garganta, do jeito que ele gosta. Sinto suas mãos deslizarem pelos meus ombros e engancharem-se em meu cabelo enquanto tenta recuperar o controle que almeja. Sua outra mão segura meu maxilar gentilmente enquanto acaricia com reverência minha bochecha com o polegar.

Continuo a lamber e a sugar o pau dele, traçando sua larga veia por todo seu comprimento com a ponta da minha língua, ganhando uma investida de seu pau contra minha boca quando chego à ponta.

De repente, Sean se afasta e suas mãos desencostam de mim. Olho para cima e vejo-o se inclinando, tentando alcançar seu roupão preto. Fico curiosa com o que vai fazer, pois sei que a mente do meu homem é surpreendente e ele está calculando algo. Vejo-o tirar a corda do roupão. O brilho malicioso em seus olhos quando me olha me arrepia. Se alguma vez pensei estar no controle, agora sei que tudo foi uma farsa. Era Sean que estava no controle, sempre esperando para dar o próximo passo quando estivesse pronto.

Ele se inclina sobre mim, agachando-se sobre os quadris e passando as mãos pelos meus braços até alcançar minhas mãos, dobrando-as gentilmente às minhas costas. Então, sinto o laço acariciar meus pulsos confortavelmente unidos, mantendo-os firmes. Meu coração acelera quando percebo que agora Sean pode fazer o que quiser comigo. E confio que faça o que quer comigo, para mim... em mim.

Sean passa o polegar gentilmente por baixo do laço para se assegurar de que está seguro antes de subir as mãos pelos meus braços, pela minha clavícula, até estar em pé à minha frente. Suas mãos seguram meu rosto e movo-me para frente conforme ele me guia até seu pau pulsante.

— Sammy — ele geme, movendo a mão para a parte de trás da minha cabeça, guiando o ritmo gentilmente. Meu coração salta quando o deixo me usar e aumentar suas investidas até estar fodendo de verdade minha boca.

— Porra. Vou gozar em sua boca e você vai tomar tudo, Sammy.

— Mmm hmm — gemo em resposta, meu corpo cantarolando com o prazer conforme aumento a velocidade, desejando que ele cumpra sua promessa.

Sean rosna alto e engulo cada gota, saboreando o gosto único de Sean.

Quando me afasto, Sean me coloca de pé, pegando meus pulsos para liberá-los. Sem me dar um segundo para me recuperar, ele puxa meu rabo de cavalo e me beija, com força e rápido, investindo sua língua contra a minha em um show de agradecimento evidente. Seu próprio show excepcional.

Ele termina o beijo com uma suave mordida em meu lábio inferior. Ele se afasta um pouco e me encara profundamente nos olhos com uma expressão saciada e satisfeita.

— Uma despedida fantástica. — Seu rosto se ilumina com um sorriso radiante e percebo que, desde que entrei em seu escritório e abandonei toda a resistência que tinha com relação a ele, me sinto mais feliz, contente. E quanto a Sean, nunca o vi tão relaxado e despreocupado... Bem, tão despreocupado quanto um homem intenso, apaixonado e comedido pode ser.

Sean leva o tempo que precisa me olhando de cima a baixo. Seus olhos brilham com calor quando encontram o meu olhar novamente.

— O uniforme da polícia mudou e eu não fiquei sabendo? — pergunta, com um sorriso gozador em seu rosto, mostrando uma única covinha lambível do lado direito de seu rosto.

— Talvez — digo, dando uma piscadela. — Preciso realmente terminar de me vestir e ir. — Fico na ponta dos pés e dou um beijo gentil em seus lábios, virando para ir embora do banheiro, mas não antes de ganhar uma palmada na parte exposta da minha bunda, que quase me faz querer ficar com ele e cancelar meu turno.

Eu disse quase.

Capítulo 18
Bêbada de amor

Sam

Algumas semanas depois, finalmente encontramos uma noite em que todos estavam disponíveis, por isso fiquei ocupada na cozinha por quase toda a tarde, garantindo que toda a comida estivesse pronta para o jantar. Era a única coisa que eu podia fazer para acalmar meus nervos. Meus melhores amigos e meu parceiro irão conhecer Sean e passarão algumas horas conosco, e isso me deixou muito ansiosa.

Primeiro, tem a Helen e o Rico. Helen conhece minha história com Sean, pois estava lá comigo vivenciando tudo. Desde o primeiro momento que o conheci, quando ele me deixou com raiva e me intrigou, ao meu pequeno enfarte depois do nosso primeiro encontro maravilhoso, e por todos os altos e horríveis baixos quando terminei com ele, Helen tem sido minha companheira de bebedeira, meu porto seguro, o ombro para chorar.

Tem estado para o que der e vier.

Depois, tem meu irmão brasileiro de outra mãe, Rico. Ele sabia que Helen e eu éramos um pacote só, e uma vez que era amiga dos dois separadamente, decidi bancar a casamenteira. Automaticamente, Rico aceitou o papel de me oferecer uma perspectiva masculina da minha vida. E, por Deus, eu precisava disso. Ele me disse para ter cuidado com Tanner, que todos os sinais estavam lá de que Tanner queria mais, mas pensei que eu tinha tudo sob controle. Bem, o tiro saiu pela culatra, não? Não soube mais de Tanner desde aquela noite na boate, quando ele foi embora.

E Zander... Bem, ele é o Zander. É como minha outra metade no trabalho. Trabalhamos juntos por tempo suficiente para conseguirmos prever os passos e as reações um do outro, e compartilhamos o mesmo instinto. Isso torna ótima a parceria. E depois de todas aquelas piadas frequentes de "Rainha do Gelo", quis mostrar-lhe meu outro lado, a Sam "fora do trabalho". Apesar de, por alguma razão, Zander ter parecido chocado quando convidei ele e Kate para ir ao jantar na casa de Sean hoje à noite, depois gargalhou muito. Ele não me explicou, mas continuou dando risadas pelo resto do turno.

Estou terminando um suflê de manteiga de amendoim para a sobremesa quando sinto os braços de Sean me envolverem por trás e me puxarem em sua direção. Ele beija o final da minha nuca e, em seguida, meu pescoço.

— Tudo bem? — murmura suavemente.

— Mmmm — gemo. Seus lábios deixam minha pele formigando nos pontos abaixo da minha orelha, enviando arrepios por meu corpo, algo que ele não deixa de perceber quando ri.

— Precisa de algum alívio para o estresse novamente? — diz ele, com um sorriso que posso sentir contra minha pele.

— Bem, eu realmente preciso de um banho... — Minha voz falha, transformando-se num gemido quando Sean suga minha orelha.

— Está se sentindo suja, Sammy? — Seus dentes arranham minha pele. O abraço ao redor da minha cintura aperta e sua excitação evidente empurra meu jeans.

— Muito. — Minha voz está trêmula. O efeito que esse homem pode causar em mim com apenas algumas palavras me deixa louca. É como se tivesse uma enciclopédia sexual em sua cabeça, com a habilidade de recordar coisas sexuais num piscar de olhos.

— Talvez seja um banho longo. *Muito* longo. Está disposto a isso, senhor Miller?

— Garota atrevida. — Ele dá um tapa na minha bunda de forma brincalhona. — Estou disposto a qualquer hora que precisar que eu esteja. Mas, para isso, você pode se despir bem aqui e agora.

Me viro com os olhos arregalados ao seu comando repentino, o que me deixa molhada e pronta quase instantaneamente. Sean encontra meu olhar com um olhar penetrante de 'não me teste' que me faz tremer de expectativa.

— E se eu escolher não fazer? — Levanto uma sobrancelha em um desafio silencioso, porém não bem pensado.

Ele sorri perigosamente.

— Agora, Sammy.

Lentamente, puxo minha camiseta. O rugido que escuto vindo de Sean é gratificante e vale a pena a punição que sei que receberei. Decido aumentar a aposta, uma vez que já estou com 'problemas': jogo a camiseta em seu rosto e subo as escadas correndo direto para o banheiro de Sean, rindo quando o escuto vir atrás de mim.

— Você pode correr, mas não se esconder, Sammy.

Em tempo recorde, Sean me alcança, me possui e me faz gritar seu nome três vezes seguidas antes de finalmente me inclinar sobre o armário do banheiro e me penetrar, trazendo consigo os orgasmos de número quatro e cinco.

E, sim, valeu muito a pena.

Sean

Sam ficou muito mais relaxada depois da nossa brincadeira do meio da tarde. Estava começando a me preocupar que estivesse tendo segundos pensamentos sobre o jantar. Não sou tão burro, sei que socializar com os amigos dela novamente é um grande passo para ela. Sam levou o tempo que precisava com relação a tudo desde que voltamos. Eu sabia que algo iria fazê-la tropeçar, mas, até agora, ela tem continuado a me surpreender a cada vez.

Semana passada, eu até a persuadi a vir à boate comigo uma noite, para ver as coisas. Com Ryan de volta e Amy tomando um pouco mais de liderança a meu pedido, não precisei ir lá com tanta frequência. Bem, com Sammy em minha vida, não precisei ir lá de jeito nenhum. Claro que Sam ficou ao meu lado o tempo inteiro, e concordou até mesmo em se aventurar em meu quarto VIP para dar uma olhada. Infelizmente para mim, foi apenas uma olhada. Adoraria tê-la em meu colo, com sua bunda vermelha sob minha mão antes de fazê-la gozar no meu pau na minha cadeira de couro vermelha. Não deixei de perceber que ela mordia o lábio, que sua respiração aumentou enquanto olhava o quarto e o clima mudou no ar. Ri quando Sam segurou minha mão e me puxou para fora antes que eu tentasse qualquer coisa.

Agora já são quase sete horas da noite e está se aproximando a hora dos nossos convidados chegarem. Convidamos Ryan, mas ele disse que tinha outros planos. Ele tem estado bem evasivo na última semana, mas espero ser apenas uma combinação de estar ocupado com o bar e a terapia, e que também esteja dando a mim e a Sam algum espaço para nos reaproximarmos, especialmente porque tem havido muita conexão entre nós.

Escuto a campainha e observo Sam sair correndo do quarto, parecendo perturbada. Seguro seu braço na hora que tenta passar correndo por mim.

— Querida, calma. Vai ser tudo ótimo.

— Eu... não faço isso. Não sou a anfitriã em jantares. Sou a amiga solteira que aparece e age confortavelmente como terceira ou até mesmo quinta vela, e sempre com um copo em mãos. — Ela me olha com aqueles olhos verdes brilhantes que sempre me fazem sucumbir e instantaneamente me deixam protetor.

— Querida, não tem que se preocupar em ser qualquer tipo de vela agora. Você tem a mim, e eu a você. E, além do mais — pego um grande copo de vodca com tônica —, já pensei em tudo.

Sam vê a bebida em minha mão e sorri largamente.

— Deus, am... adoro que pense em tudo.

Paro de respirar por um momento, desejando como nunca que ela tivesse terminado a frase de um jeito diferente, mas, ao invés disso, Sam dá um grande gole em sua bebida e a coloca sobre a mesa da cozinha.

— Certo, vamos receber nossos convidados, ok? — Seguro sua mão enquanto caminhamos juntos até a porta da sala.

— Ah, meu Deus! Garota, você não me disse que ele morava num santuário! — Helen diz quando abro a porta. Ela não mudou muito durante os últimos anos. Ainda fala alto e é franca como sempre foi, e ainda é cativante como no dia em que a conheci.

Rio e dou um passo em sua direção para beijar sua bochecha.

— Helen, é bom te ver novamente.

— Digo o mesmo, Sean. Já faz muito tempo. — Ela me puxa para um abraço, ficando nas pontas dos pés para que sua boca esteja perto da minha orelha. — Se machucá-la, eu te mato.

Ela dá um passo para trás e estende a mão para um homem que observa com interesse.

— Querido, esse é o Sean, o namorado da Sam. — Ela olha de forma interrogativa para Sam, que a encara em completo horror.

— Namorado para mim está ótimo — interrompo. — Embora... ainda temos namorados e namoradas quando já estamos nos trinta? — Sorrio e olho para Sam, que me observa em choque. Passo o braço ao redor da sua cintura e a aperto gentilmente, agradecendo a Deus quando fica parada ao meu lado.

— Namorado — murmura ela, como se testasse o rótulo. É lindo.

— Desculpa, esse é o Rico, meu noivo — Helen diz, sorrindo.

— Prazer em conhecê-lo. É um homem corajoso para casar com essa daí.

— Nem me diga — responde ele, dando uma risada e apertando minha mão estendida firmemente, olhando dentro dos meus olhos. Esse é o meu tipo de cara.

— Olá! Estou bem aqui, Enrico. Se quiser qualquer coisa *disso* mais tarde, melhor ter cuidado, senhor.

Isso só nos faz rir novamente.

Dou um passo para o lado, levando Sam comigo e gesticulando para Helen e Rico entrarem.

— Venha. Ainda estamos esperando Zander e Kate, mas isso não quer dizer que não podemos começar a beber.

— Agora sim, é disso que estamos falando — Helen afirma, enquanto sobe as escadas com Rico e sigo com Sam logo atrás deles.

Inclino-me para sussurrar no ouvido de Sam.

— Seu *namorado* gostaria que você relaxasse, Sammy. — Sam bate de brincadeira em meu braço e dá um passo em direção a Helen, que já se sente em casa e foi para cozinha preparar alguns drinks.

Rico e eu estamos conversando sobre beisebol quando ouço a campainha novamente. Viro-me para Sam e ela faz um sinal para deixar que ela mesma atenda. Alguns minutos depois, o homem loiro e a linda mulher de cabelos vermelhos do jantar da Fundação da Polícia surgem na escada atrás de Sam.

Peço licença para Rico e caminho na direção deles.

— Sean, esse é meu parceiro, Zander, e a noiva dele, Kate — Sam diz, apresentando-nos.

Estendo minha mão para Zander e ele a aperta firmemente.

— Prazer em conhecê-lo.

— O prazer é meu. Sam me falou muito sobre você — digo a Zander, olhando para Kate, sorrindo. Suas sobrancelhas franzem rapidamente antes de olhar para o lado e dar risinhos, como se houvesse alguma piada que estivéssemos perdendo.

Zander arregala os olhos e depois balança a cabeça.

— Agora não sei se fico preocupado ou se você está mentindo, porque a Richards só falaria sobre mim se estivesse reclamando. Sua mulher é uma cadela, se ainda não sabe.

— Roberts... — Sam rosna ao meu lado.

Zander levanta a mão em sinal de redenção simulada.

— Calma, chefe. Espero que o Sean seja aquele que vai derreter seu gelo mais tarde.

Olho confuso para ele antes de perceber.

— Eu mesmo. Fico feliz em ser útil.

Sam suspira para nós dois antes de se virar para Kate.

— Ele é incorrigível. Você gostaria de uma bebida?

— Com certeza. Tenho o pressentimento de que precisaremos de uma — comenta Kate, brincalhona. Isso é estranho. Começo a imaginar o que estou deixando passar quando me dou conta, um pouco mais tarde, durante o jantar, quando Sam pergunta a Kate sobre o dia dela.

— Tive uma prova para o meu vestido de madrinha hoje. Não acredito que eles vão se casar no verão.

— Aposto que está ansiosa por isso. Será como um treino para o seu — Helen fala.

— Ah, sim, mas Zander e eu ainda não começamos a planejar nosso casamento. Precisamos passar pelo da Mac e do Daniel primeiro.

Ah, merda! O olhar estranho agora faz todo sentido.

Kate conhece Mac, será a madrinha dela... Isso faria de Kate a melhor amiga... A melhor amiga da Mac. Com isso, Kate saberia sobre Mac e mim. Ah, merda... Agora sei o porquê do olhar da Kate. Ela já percebeu a conexão. Fico tenso quando penso em Sam e qual será a reação dela. Tivemos um dia tão bom, e agora meu passado está fazendo uma aparição indesejada no que deveria ser uma noite excelente com novos amigos.

Pego meu telefone e mando uma rápida mensagem para Mac.

Sean: Kate e Zander estão aqui em casa para jantar.

Mac: Eu sei. Kate me contou hoje mais cedo.

Sean: Boneca, você não pensou em me dar uma luz?

Mac: E estragar a diversão?

Sean: Esse seu homem deve te dar uns tapas na bunda.

Mac: Talvez eu peça, ele é ótimo com isso ;) Divirta-se!

— Sean, está tudo certo? — Sam pergunta a meu lado.

— Ah... sim.

Olho para o fim da mesa e vejo Kate pegando seu telefone, e sei que preciso contar a Sam. Fico tenso, pego e seguro a mão de Sam, mantendo-a na minha, que está úmida no momento em que Kate coloca seu telefone sobre a mesa e se vira para Zander.

— Sam, acho que tem algo que você deve saber.

Sam me olha preocupada.

— O quê?

— Zander e eu temos uma amiga em comum... — Espero por sua reação, mas ela não me parece perplexa, apenas dá de ombros.

— Quem?

Esfrego minha nuca, sentindo-me levemente desconfortável por fazer isso na frente de outras pessoas.

— Ah, se estou certo, ambos nos envolvemos com a amiga da Kate, a Mac.

Sam olha para Zander, depois para mim.

— Estou confusa. Isso não é inédito, embora seja uma coincidência.

Felicidade Desejada 153

— Sim, acabei de perceber. A questão é: Mac tinha três amigos com benefícios ao mesmo tempo... — Então a ficha cai. Sam engasga com sua bebida, mas logo dá um grande gole e coloca o copo sobre a mesa. Ela apenas me encara, depois se vira para Zander. Kate olha e morde o lábio, como se soubesse o que acabou de acontecer.

— Roberts — Sam chama. — Parece que você e Sean tem algo, desculpe, *alguém* em comum.

Zander para de conversar com Helen e se vira para a gente, os olhos cheios de surpresa indo de Sam para mim... e então sua ficha também cai, e ele engole rápido sua bebida, me dando um olhar de simpatia.

— Merda! — diz, balançando a cabeça.

— Suponho que você também não tinha percebido? — Sam pergunta, sua voz mais leve e casual do que eu esperava.

— Ah, merda — ele murmura, depois olha para Kate, que está rindo dele, o que faz Zander sorrir.

Minhas bochechas estão quentes, e, pela primeira vez em vinte anos, quase me sinto envergonhado.

— O que estou perdendo aqui? — Helen fala, olhando para todos nós enquanto Rico apenas se recosta em sua cadeira e coloca as mãos atrás da nuca como se tivesse acabado de se sentar para ver um show. Desgraçado sortudo.

— Bem — Sam começa — , Sean acabou de perceber que Zander e ele estavam transando com a mesma garota ao mesmo tempo.

— Espere. Ao mesmo tempo? Como em uma história de ménage de bêbados?

Engasgo com meu uísque e tanto eu quanto Zander balançamos a cabeça.

— Não! — dizemos juntos.

Sam e Kate começam a rir e Helen parece confusa.

— Espere, ao mesmo tempo? Como se ela estivesse saindo com os dois ao mesmo tempo? — Kate pergunta, risonha. — Sim. Minha melhor amiga Mac nunca se limitou a apenas um homem. Na verdade, ela tinha três amigos com benefícios ao mesmo tempo.

Helen bate a mão na mesa.

— Puta merda. Preciso conhecer essa garota. Isso é incrível.

— Mulher... — Rico ruge, o que só faz com que Sam e Kate riam mais. Fantástico.

— Espere, é como dizer que Zander e Sean já fizeram sexo por associação. Isso é hilário — Helen continua.

É a única vez que digo que gostaria que um buraco se abrisse na terra e me engolisse.

— Ah, meu Deus! — Sam começa. Ela tenta tirar sua mão da minha, mas a seguro com mais força.

— Não, nada de correr — digo, minha voz automaticamente mudando para o modo dominador.

— Não vou a lugar algum, Sean. Apenas quero ficar bêbada. A simples ideia de você e Zander fodendo com a mesma garota está beeeeem longe da minha zona de conforto.

— Foi há quase dois anos, querida. Eu teria contado se soubesse. Você sabe disso. — Solto sua mão e corro a minha pelo seu braço, acariciando sua pele para reafirmar isso. Meu coração dispara. É a primeira vez que realmente tenho medo de que ela vá embora.

— Está tudo bem, Sean. Sei que você não foi um santo nos últimos dez anos, mas agora tenho uma desculpa para ingerir uma grande quantidade de álcool e rir. — Ela se inclina e me dá um beijo gentil nos lábios. Depois, olha diretamente em meus olhos, seus lábios ainda tocando os meus. — E depois pode foder o meu cérebro para apagar qualquer imagem sobre Zander e você. — Ela se afasta e ri alto. Seu desprendimento me contagia e, com isso, sorrio para ela.

Porra, amo essa mulher.

Olho para Zander e ele faz uma careta, então levanto o queixo, certificando-o de que está tudo bem. Kate nos observa e cai na gargalhada novamente, inclinando-se na direção de Zander.

Felizmente Rico, muda de assunto.

— O jantar estava ótimo, gente, mas, Sammy, você me conhece e sabe da minha vontade por doces. Sei que você fez uma sobremesa épica.

Uma sobremesa épica para fechar um jantar épico.
Definitivamente um para ser registrado.

Capítulo 19
Ei, irmão

Sam

Estou dormindo profundamente quando sou acordada por um telefone tocando. Meu corpo parece um peso morto na cama e luto para permanecer naquela terra maravilhosa do sono. Viro na cama e olho para o despertador de Sean, que mostra que são apenas três da manhã e alguém está nos ligando.

Sean passa o braço pela minha cintura e me aconchego ainda mais ao seu lado. Há algo sobre se aconchegar num corpo *forte* e quente que é reconfortante e excitante. Porra! Como posso querer transar novamente quando faz poucas horas que o fizemos? Devo ser uma viciada. Viciada em Sean Miller. Merda, se isso continuar assim, vamos acabar fodendo até morrermos. Pelo lado positivo, que jeito de morrer!

O telefone começa a tocar novamente e escuto um rugido ressoar pelo peito de Sean.

— É melhor ser algo importante — murmura ele, sentando-se na cama e pegando o telefone.

Ele suspira antes de atender a ligação.

— Ryan, é melhor não ser o que estou pensando.

Meu corpo fica tenso quando penso em todas as possibilidades do porquê Ryan ligaria para o irmão no meio da noite.

Já faz quatro meses desde que voltei para a vida de Sean. Quatro fantásticos meses sem drama, sem Ryan fodendo com as coisas e *sem* ligações no meio da madrugada.

Isso não deve ser bom.

— Mmm — Sean murmura, escutando o irmão. Sento-me ao seu lado e descanso a cabeça em seu ombro. Só consigo escutar alguns sons abafados

Felicidade Desejada 157

vindos do telefone, mas, quando o corpo de Sean fica assustadoramente tenso, sei que não é coisa boa.

— Você está de sacanagem, Ryan. Dez mil? — O quarto de repente fica quieto. Sean respira com dificuldade e sei que está tentando se controlar, mas, depois da última vez que Ryan foi pego na boate, a paciência de Sean com o irmão está por um fio.

— Que porra você espera que eu faça, Ry? Não é como se eu tivesse dez mil em dinheiro à disposição aqui em casa...

Mais silêncio, mais barulho no telefone.

— Ele disse o quê? Ah, foda-se essa merda. Ryan, você procurou isso e eu já havia lhe dito que estava cheio dessa merda, mas aquele desgraçado foi longe demais agora.

Endireito-me e vejo as feições de Sean: seu maxilar está travado e ele range os dentes audivelmente.

— Aonde tenho que ir?

Pulo da cama e visto uma calça de ioga e um moletom, esquecendo o sutiã e a calcinha, pois nunca há necessidade deles quando estou com Sean. Ligo a luz do banheiro e vou até a pia tirar o sono dos meus olhos.

Olho para Sean no espelho, sentindo seu olhar penetrante. Ele balança a cabeça e isso quebra a nossa conexão.

— Certo. Vou me vestir e deixar Sammy em casa. Depois estarei lá. Diga ao filho da puta que estou a caminho. E, Ry... faça o que for preciso para se manter seguro, certo? — Ele acena e minha respiração acelera.

Ryan está com problemas. Problemas sérios.

— Sim, certo. Te vejo em breve.

Ele joga o telefone na cama, se levanta e caminha nu em minha direção.

— Querida, sei que imagina sobre o que foi a conversa, mas preciso que volte para a cama.

— Não, Sean. Sou uma policial. É isso que faço. Posso ajudar.

Sean continua avançando até que seu peito nu está tocando o meu.

— Sammy. É por ser uma policial que estou dizendo que precisa se afastar e voltar para a cama. Isso é meu problema. Ryan tem fodido com as coisas por tanto tempo quanto me lembro. Não é a primeira vez que tento ajudá-lo e definitivamente não é a primeira vez que ele tem uma recaída. Ele se meteu em uma péssima situação e vou tirá-lo dela. Eles ameaçaram Ryan, a boate e, depois, cometeram a estupidez de deixá-lo jogar dez mil dólares. Sem dinheiro, Ryan não tem com o que jogar. Acabaram as cartas e a sorte, com dez anos de atraso. Agora, eles ameaçaram a mim e a minha namorada policial, e isso já é ir longe demais.

— Sean! — imploro, colocando minhas mãos em seu peito. — Tenho que avisar sobre isso. É meu dever. Eles nos ameaçaram, e seu irmão está em perigo. Uma ligação e posso levar uma equipe para o local em uma hora.

Sean me encara.

— Não, Sammy. Nada de policiais, nada de ligações. Você NÃO se envolverá nisso. Não posso permitir.

Dou um passo para trás, apoiando o quadril no armário do banheiro.

— Você não vai permitir isso? Como se eu fosse uma adolescente problemática que precisa ser colocada no devido lugar? Foda-se, Sean. Você não pode controlar o meu trabalho. Controle-me na cama, sim, mas NÃO na PORRA do meu TRABALHO! — grito. Meu trabalho sempre foi uma zona proibida para qualquer um envolvido em minha vida. Nem mesmo minha mãe tinha permissão de se intrometer na minha vida profissional. Cacete, não a deixei mais se intrometer em minha vida depois que percebi que isso me custou o Sean.

Ele coloca a mão em meu ombro e dá um passo em minha direção novamente, aninhando-me a ele.

— Não estou mandando em você. Estou dizendo que não pode se envolver. Não quero colocar seu trabalho em risco, e essa situação, essa mesa de pôquer clandestina onde Ryan está, não é o lugar para uma policial fora do horário de trabalho.

Ele se vira e volta para o quarto, vestindo-se rapidamente e pegando sua carteira, chave e o telefone na cama.

— Vai no seu carro?

— Não tenho escolha. Já é madrugada e não vou pedir o serviço de carro para pegar meu irmão Deus sabe onde. Só vou pegá-lo e tirá-lo de lá, e depois mandá-lo para a Sibéria ou Tombuctu até que tudo passe.

Volto correndo para o quarto e paro do lado oposto da cama.

— Sean, não é assim que funciona. Já lidei com essas merdas antes. Eles não vão parar de perseguir Ryan até que a dívida esteja quitada, geralmente com juros. E, quando não o encontrarem, eles irão atrás da boate, de você na empresa e depois atrás de mim. Não é o caso de tirá-lo de lá e esperar passar. — Mexo com os braços dramaticamente, tentando explicar o plano ignorante de Sean. Ele dá a volta na cama e coloca suas mãos em minha cintura, me puxando para junto de si.

— Não vou discutir isso contigo. Fique aqui, vou pegar o Ryan e deixá-lo em um hotel por esta noite. Me espere aqui, nua em minha cama... — Ele beija meu maxilar, depois meu nariz e para em meus lábios, provocando-me lentamente com sua língua até que, relutante, desisto e paro de resistir, e gemo enquanto ele explora minha boca languidamente.

— Você não joga limpo — falo quando Sean se afasta. Outro beijo rápido e ele já está no modo negócios.

— Volte para a cama. Não vou demorar.

— Aonde vai? Pelo menos alguém deve saber, caso algo dê errado.

— É perto de um bar na avenida West North, em Austin. Ryan disse que estão numa sala nos fundos. Parece chique, não? — Ele ri sarcasticamente. — Sam, volte para a cama. Estarei de volta antes que perceba.

Já tendo decidido o que fazer, aceno para ele. Seus olhos ficam suaves quando me olha uma última vez.

— Boa noite, querida.

E, com isso, ele vira e sai do quarto. Escuto seus passos se distanciando nas escadas e depois no porão, onde fica a garagem.

Sento-me na cama, apoio a cabeça nas mãos e luto para me recompor o suficiente para o que tenho que fazer. Para o que *devo* fazer.

Pego meu celular na mesa de cabeceira e o encaro, embalo-o em minhas mãos enquanto contemplo as consequências do que estou prestes a fazer. Mas não menti para Sean quando disse que meu trabalho não era algo no qual se intrometer. Se um crime está sendo cometido, é meu dever avisar e proteger as pessoas. Ou, neste caso, o homem que amo e o irmão dele, que, apesar de ser um idiota que não aprende com os erros do passado, é alguém com quem também me importo.

Eu não poderia viver comigo mesma se algo acontecesse com qualquer um dos dois e eu não tivesse impedido.

Faço uma busca em minha lista de contatos e pego o número do meu amigo Jeremy. É um detetive do meu distrito que vem investigando jogos ilegais. Ele também estava envolvido na investigação do roubo na *Throb*, até que lhe contei discretamente o que realmente tinha acontecido e o caso foi arquivado rapidamente. Não há necessidade de manter um caso aberto quando não houve roubo nem há um meio de identificar o criminoso. Porém, desde que descobri que Jeremy vem conduzindo uma investigação com uma série de eventos com apostas ilegais mantidas na cidade de Chicago, sei que ele é a pessoa para conversar sobre aonde quer que Sean esteja indo.

— Richards, mas que porra? São três da manhã e você deveria estar dormindo ou fodendo. Ou um pouco dos dois. O que foi?

— Jeremy, Sean acabou de receber uma ligação do irmão dele, que está com problemas numa mesa de pôquer clandestina em um bar em Austin. Sean me disse para não avisar ninguém, mas tive que te ligar. Se é o mesmo agiota que bateu nele meses atrás, então ninguém sabe o que pode acontecer. O que devo fazer?

— Merda, Sam. Estou na minha mesa, mas posso pedir alguns policiais e tentar chegar lá, no entanto, não posso prometer que protegerei o Sean. Será uma prisão às cegas, depois separaremos o joio do trigo. Tudo bem com relação a isso?

— Qualquer coisa. Por favor, Jeremy. Não posso dormir sabendo que Sean ou Ryan podem se ferir.

— Certo. Ligo para você logo quando chegarmos lá. Qual é o bar?

— Não sei. Sean apenas disse que era na West North.

— Ah, sim, sei exatamente onde é. Estávamos vigiando-o até semana passada. Tenho que ir. Mantenha o telefone ligado. Você receberá uma ligação minha ou do seu homem.

A ligação termina e sinto meu estômago apertar. Me sinto enjoada. E se exagerei... Por que diabos é de madrugada e por que diabos Helen não está trabalhando no turno da noite?

Vou para o andar de baixo, ligo a máquina cara de fazer café de Sean e ando pela cozinha enquanto espero o café ficar pronto. Uma vez com minha caneca em mãos, vou até o sofá, dobro as pernas até estarem perto do meu corpo e encaro a janela, esperando ouvir uma ligação de Sean ou de Jeremy.

O problema é que, sendo uma policial experiente, sei que a cidade nunca dorme. Existe sempre um criminoso à solta durante a noite, se exibindo... ou não, se eles forem espertos. Homens e mulheres são assaltados ou atacados, carros, furtados, casas, arrombadas, jogos ilegais de pôquer com apostas altas são jogados. Mafiosos explorando alguns viciados, desesperados para ganhar seu dinheiro de volta. Mas isso nunca aconteceu. Linhas de créditos são oferecidas e aceitas, e, mais cedo do que se espera, como Ryan está agora, eles se veem com uma dívida ainda maior.

Meus dedos apertam a caneca quente em minhas mãos. Dez mil! Malditos dez mil dólares! Quem se deixa chegar numa situação dessas num jogo? Não me julgue, são dez anos de polícia e já vi de tudo. O que não quer dizer que não possa ficar surpresa quando se trata de alguém que conheço melhor, ou que esperava já ter aprendido a lição com o que já aconteceu no passado.

Eu não gostaria de ser o Ryan quando Sean colocar as mãos nele. Da última vez, tive que intervir, mesmo quando ele disse que lavaria as mãos em relação ao irmão. Isso pode ser algo grande. Mas, se não for, terei decepcionado Sean. Porém, tudo que posso fazer é esperar que ele perceba a situação em que estava e possa me perdoar.

Capítulo 20
O Homem

Sean

Paro meu Maserati preto numa vaga do lado oposto do bar em que Ryan disse que estava. Do lado de fora, parece um lugar sofisticado e normal de Chicago. Balanço a cabeça e verifico o endereço mais uma vez, procurando por algum armazém sujo ou algo mais adequado para um jogo clandestino. Claro que isso não pode estar certo. Apostas ilegais deveriam ser realizadas por debaixo dos panos, em um lugar que parecesse um buraco onde o departamento de saúde deveria bater a qualquer hora do dia, nada como o que vejo à minha frente.

Ciente de que o celular de Ryan estará no silencioso, não tenho opção senão procurá-lo. Saio do carro, ativo o alarme e atravesso a rua, percebendo com interesse que o bar está fechado, e que apenas algumas pessoas da equipe estão empacotando as coisas para encerrar a noite. Verifico as instalações vizinhas e percebo um beco ao lado do prédio. Sei que Ryan está lá dentro em algum lugar e corre perigo, por isso não perco tempo e vou em direção ao beco, verificando constantemente se alguém me segue ou aparece à minha frente. Não estou preocupado em me defender, é mais pelo fator surpresa. Prefiro manter a guarda a ser pego despreparado, e, uma vez que vim desarmado, talvez eu esteja em desvantagem.

Vejo uma antiga porta de madeira no final do beco com um homem negro e grande de guarda.

— Você é o Sean?

— Sim.

— Está com a identidade? Nunca é demais ser cuidadoso.

— Sim. — Tiro a carteira do bolso traseiro e mostro-lhe minha carteira de motorista. Ele a devolve e dá um passo para o lado, abrindo a porta para mim.

— Melhor estar aqui para liberar seu irmão. Ele está em apuros. Neste momento, ele está no fundo do poço, perdendo a visão da luz, se é que me entende.

Engulo em seco. Merda! Levanto o queixo para o cara antes de entrar. O lugar escuro e cheio de fumaça é sufocante. Vou até uma larga mesa redonda, mas não vejo Ryan. Meus olhos vão para o homem que se inclina na cadeira na cabeceira da mesa.

— Onde está Ryan Miller?

— Você é o financiador dele?

— O que você acha?

— Trouxe o dinheiro? Ryan disse que o irmão dele estava vindo e resolveria tudo para ele. Nós o colocamos em um lugar seguro até que tudo se resolvesse. — O ordinário sorri, cheio de dentes grandes e excessivamente brancos. É quase assustador, e sou um homem difícil de se assustar.

— Acha que conseguiria tirar esse dinheiro da minha bunda às três e meia da manhã? Você sabe tanto quanto eu que a maioria dos cidadãos cumpridores da lei não é do tipo que mente. Então, lhe dou minha palavra de que esse dinheiro será depositado em sua conta assim que o banco abrir.

Espero que Ryan não esteja muito encrencado a ponto de não poder salvá-lo. Posso estar puto, mas ele é a única família que tenho. Ryan e Sam são as únicas pessoas que me importam. Por que acha que não a trouxe? Não é por não pensar que ela não possa lidar com isso, mas porque me recuso a colocá-la em uma posição em que teria que se defender sozinha ou colocar seu trabalho em risco. Sam ama muito a carreira dela para isso.

O malandro de Cheshire começa a rir e coloca as mãos sobre a mesa, aparentemente achando a situação hilária.

— Veja, senhor advogado, a situação é a seguinte: sei que pensa que tem como provar, e não duvido que tenha grandes bolas aí, mas não dou a mínima. — Seu sorriso se desfaz e ele me encara, seus olhos quase venenosos. — Estou tentando gerenciar um negócio aqui. Não dou crédito sem garantias ou sem saber que posso receber meu dinheiro de volta de algum lugar. Seu irmão tem uma boca grande quando está desesperado. Disse que você possui um estabelecimento na região das boates e que tem uma bela garota que é policial como namorada. Essa era toda a garantia que eu precisava, pois sabia que não a colocaria numa situação difícil, a não ser, é claro, se fosse apenas uma boceta...

— Cala a sua boca. Deixe-a fora disso — vocifero, fechando os pulsos para tentar controlar a minha raiva, ciente de que acabei de foder com tudo e dar o que ele estava desejando.

O homem sorri, pois me tem nas mãos.

— Então nos entendemos. Quinze mil dólares amanhã às dez horas ou começo a causar problemas para você e sua namorada. Aposto que ela também é gostosa. O que acham, rapazes? Acham que um cara bem-apessoado como este teria uma mulherzinha qualquer?

Os três homens que estão ao lado dele começam a murmurar entre si e concordam.

— Ryan disse dez mil.

— Agora são quinze.

Puta que pariu.

— Fechado. Agora traga o Ryan e nós iremos embora.

— Talvez eu deva mantê-lo aqui por garantia...

Sua ameaça é cortada com um baque contra a porta, fragmentos de madeira voando atrás de mim quando ouço as palavras "Polícia de Chicago!". Num segundo, sou empurrado contra a parede, com o rosto voltado para ela, enquanto minhas mãos são forçadas para trás.

— Não diga uma palavra — uma voz masculina murmura em meu ouvido. Como não sou burro, calo a boca. Sinto o frio das algemas envolverem meus pulsos e minhas mãos agora estão presas às minhas costas.

Ouço uma briga atrás de mim quando mais policiais entram.

— Tem outro quarto aqui atrás — diz um policial. — Merda, tem mais deles.

— Meu irmão está aí! — grito com a voz abafada.

— Sabemos o que estamos fazendo, senhor Miller, então sugiro que permaneça em silêncio. Vou levá-lo à delegacia, onde o senhor permanecerá até que possamos averiguar sua participação nisso tudo.

Felicidade Desejada 165

— Sabe que sou advogado, certo?

— Não me importa. Neste momento, você é um suspeito numa rede de apostas ilegais que estamos investigando há tempos. Advogado ou não, recomendo que mantenha a boca fechada.

Fico quieto enquanto sou levado pelos braços como um criminoso comum de dentro do local até o beco. Um policial remove minhas algemas e sou colocado no banco traseiro da viatura policial. Viro a cabeça e vejo um Ryan desgastado sendo levado por outro policial para uma viatura atrás da minha. Seus olhos encontram os meus e vejo culpa. Seus ombros estão caídos e sua arrogância natural não está lá. Quando está prestes a desaparecer da minha vista, Ryan me olha e murmura "Me desculpe" antes que o policial coloque uma mão em sua cabeça e o faça entrar no carro.

Quando a viatura em que estou entra em movimento, balanço a cabeça e encaro a janela. Alguns minutos depois, o detetive no banco do passageiro vira para trás e me encara.

— Sou Jeremy, o detetive principal desse caso. Samantha Richards me ligou uma hora atrás e me informou que estava acontecendo um jogo ilegal de pôquer no qual eu estaria interessado e que estava preocupada com a sua segurança e a de seu irmão...

Olho-o, incrédulo.

— Sam denunciou?

Jeremy acena em resposta e fecho os punhos. Minha Sammy, a mulher que deixei em minha cama para vir salvar a bunda do meu irmão, ignorou meu pedido e ligou para polícia. Balanço a cabeça em descrença.

— Sam estava preocupada que você pudesse se machucar, principalmente se o cara fosse o mesmo agiota que bateu em seu irmão da última vez. Ela fez a coisa certa, senhor Miller.

Confiei que ela me escutaria. *Disse* para não ligar, que a avisaria se precisasse de ajuda. Sam não confiou em mim para lidar com isso sozinho. Não *acreditou* que eu poderia fazer isso sem a ajuda dela.

Minha raiva está a toda quando chegamos à delegacia. E continua a me devorar quando sou levado para a sala de interrogatório. Não vejo Ryan chegar; na verdade, não o vejo novamente.

Depois de lerem meus direitos, explico tudo que aconteceu desde que recebi a ligação de Ryan. Reconto tudo que o babaca do agiota me disse, incluindo as ameaças contra a boate, a Sam e a mim. O detetive fica inquieto quando escuta que Sam foi mencionada. Quando me soltam, algumas horas depois, o sol está começando a nascer. Um carro de patrulha me deixou onde estava meu carro, que felizmente ainda estava parado do lado de fora do bar.

Mas, ao invés de dirigir direto para casa, para Sammy, dirijo até a boate. Estaciono nos fundos e vou direto para o meu escritório, onde fico íntimo de uma ótima garrafa de tequila 1800 que peguei no bar.

Perto do meio-dia, sou acordado com meu celular tocando. Quando vejo o nome da Sam no visor, rejeito a chamada. Sei que devo resolver isso em minha cabeça antes de conversar com ela e dizer algo de que me arrependa.

Quem disse que a história nunca se repete?

Quem disse está mentindo.

Sam

Acordo com um torcicolo e o sol brilhando em meu rosto enquanto saio da bola encolhida em que estava no sofá da sala. Verifico meu relógio e percebo que adormeci e não sei o que aconteceu. Pulo do sofá e subo as escadas para o quarto, esperando encontrar Sean, e me desespero quando não consigo encontrá-lo em nenhum lugar. Volto correndo para cozinha, pego meu telefone e ligo para ele, mas cai direto na caixa postal nas cinco vezes que liguei.

Merda! E se ele estiver numa vala em algum lugar? Ou sentado numa cela com verdadeiros criminosos?

Acho o nome de Jeremy e ligo.

— Eu.

— Jeremy. Onde está o Sean? O que aconteceu?

— Calma, docinho. Ele está bem. Liberei-o algumas horas atrás. Levaram-no até o carro dele e presumi que já estivesse em casa. Ele ainda não apareceu?

Minha respiração falha. Sean não veio direto para casa. Minha mão começa a tremer quando me dou conta de que Sean deve estar lívido. Ele nunca teve medo de confrontos, e não é o tipo de homem que deixa os problemas se arrastarem. Se está com raiva, frustrado ou simplesmente puto, ele lida com isso. Vai direto ao ponto e nunca evita lidar com uma questão. Ele é assim. É o seu jeito. Essa força é uma das coisas que sempre me atraiu nele.

Agora me sinto uma impostora na casa dele. Se ele não quis vir para casa, significa que não quer me ver. Assim, tal como um trator, a realidade me atinge: preciso ir embora.

— Jeremy, e quanto ao Ryan?

— O caso dele não é tão simples quanto o de Sean. Ele estava participando do jogo e sabe muito sobre o agiota contra o qual estamos tentando construir um caso de acusação. Até o momento, ele está calado, o que não o está ajudando e nem a nós.

— Precisa que eu converse com ele?

— Está fora de sua jurisdição, Sam, e, se o capitão souber disso, você seria acusada de interferir no curso. O que posso dizer é que, neste momento, Ryan está numa cela, mas poderia ser levado para a sala de interrogatório com as câmeras desligadas caso alguém quisesse visitá-lo, ver se ele está bem, digamos assim.

Solto um suspiro de alívio.

— Me mande uma mensagem falando a sala e quando. Estou indo praí. Me dê vinte minutos.

— Tá ótimo, docinho. E não se preocupe com Sean. Sei algumas coisinhas sobre esse tipo de homem dominante e orgulhoso. Ele irá aparecer e verá que o que você fez foi para o melhor. Apenas lhe dê um tempo.

Uma lágrima solitária desce por minha bochecha quando escuto as palavras dele. Tudo o que posso fazer é torcer para que o que disse seja verdade.

Capítulo 21
Estou errada?

Sam

Entro na delegacia, aceno para o sargento e subo as escadas até a sala de interrogatório onde Jeremy disse que Ryan estaria.

Jeremy está me esperando no corredor, seus lábios pressionados juntos em uma careta enquanto caminho em sua direção. Ele me olha por um momento e seus olhos estão cheios de preocupação enquanto tenta avaliar meu humor.

— Você está bem, Richards? — ele pergunta.

— Ficarei assim que enfiar um pouco de juízo nesse babaca. Preciso amedrontá-lo, Jer, e o único momento para fazer isso é agora, sem seu irmão mais velho, dominante e superprotetor em seu cangote. Até agora tenho me mantido neutra entre os irmãos Miller, entretanto, sou uma policial e posso garantir que Ryan entenda quão ruins as coisas podem ficar. — Jeremy acena e continuo: — Você já falou com o promotor?

— Surpreendentemente, ele me atendeu e foi inesperadamente receptivo. Faça Ryan concordar em testemunhar contra o agiota, contra toda a maldita quadrilha, e lhe será garantida imunidade, além de ele escapar da prisão. Tenho certeza de que não precisará lembrá-lo do que acontecerá se ele estragar tudo novamente.

Balanço a cabeça e sorrio para Jeremy antes de abraçá-lo forte.

— Nunca serei capaz de agradecê-lo o suficiente por isso — sussurro em seu ouvido. Dou um passo para trás e o encaro com lágrimas nada características em meus olhos.

— Mantenha esse comportamento humano, Richards... — Eu engasgo, chocada, e o encaro. — E direi a todos os caras que você realmente é uma garota. — Ele pisca, e bato com força no braço dele.

— Sou diferente no trabalho, você sabe disso — explico.

— Sim, e você não seria metade da policial que é sem esse exterior forte. O que estou tentando dizer é que é bom ver o que está escondido aparecer. Seus amigos sabem que está aí, e tenho certeza de que seu homem e o irmão dele definitivamente também sabem. Você apenas deve deixar aparecer com mais frequência. Você não será vista como fraca, sabe. Será o oposto.

— Pare antes que eu chore. Você arruinará a policial ruim que estou prestes a interpretar lá. — Balanço a cabeça na direção da porta da sala de interrogatório fechada e Jeremy ri.

— Certo. Porém, seja rápida. O capitão não sabe disso. Ryan ainda precisa dar o testemunho depois que você tiver ido, mas tudo o que ele disser a você estará fora dos registros e da câmera. *Compreende?*

— Entendi. Obrigada, Jer. Te devo uma.

— Ah, você deve. Apenas traga alguns donuts ou algo parecido. Sabe que luto para manter essa aparência. — Ele esfrega sua barriga arredondada e ri.

— Fechado.

Jeremy se afasta e encaro a porta, respirando longa e profundamente. Seguro e abro a maçaneta. Quando entro, juro que posso ver os olhos mais arregalados e confusos do garoto que estava com vinte anos dez anos atrás. Aquele que vivia à sombra do irmão bem-sucedido. O que perdeu os pais muito novo, depois os avós queridos quando estava colocando a vida de volta nos trilhos.

Mas agora não é hora para desculpas. Ryan precisa de ajuda, e vou ser aquela que o ajudará.

— Sam. — Ele respira e fala com a voz aliviada. Mal tenho um minuto para me sentar e ele começa a falar: — Já viu o Sean? Ele está bem? Por favor, me diga que ele não foi preso.

Fecho os olhos e luto para me recompor. Ryan não se importa consigo mesmo neste momento, sua única preocupação é o Sean.

— Ryan, Sean foi liberado hoje de manhã sem nenhuma acusação. Ele não apareceu em casa, mas está com o carro dele, então, acho que foi a algum lugar para se acalmar.

— Acalmar? Ele está tão bravo assim comigo?

— Provavelmente — digo, dando de ombros. — Mas está mais com o fato de que não estava esperando que eu fosse contra os desejos dele e denunciasse, o que provavelmente é mais imperdoável aos olhos dele, pois ele não esperava por isso.

— Você... ligou para a polícia?

— Sou uma policial, Ryan. Algo que você pode ter esquecido, mas eu nunca o faço. É meu trabalho, minha carreira, e, se sei que um crime está sendo cometido e duas pessoas com quem me importo estão em perigo, farei tudo que está em meu poder para evitar isso. Não acha que o deixaria se machucar, acha, Ryan?

— Bem... não, mas te disse que tentaria pedir ajuda. Disse a vocês dois. E eu estava, estava indo aos Apostadores Anônimos e me encontrava com a terapeuta duas vezes por semana. Foi quando soube dessa mesa, e pensei que poderia recuperar o dinheiro e começar a pagar o Sean. Você sabia que ele pagou o agiota e o meu aluguel da última vez? E eu nem mesmo pedi. Sean brigou comigo, disse que cortaria os laços, mas foi lá e fez isso.

Meu olhar suaviza enquanto o escuto.

— Sean te ama, Ry, mas, nesse momento, ele está puto. Mas é mais do que isso. Você não pode se preocupar com Sean porque está em um buraco do qual não pode sair sozinho a não ser que tome as decisões certas, e você precisa tomá-las logo, pois existe uma oferta em jogo que lhe dará a chance de viver. Viver uma vida livre e legal.

Seu corpo fica tenso enquanto processa minhas palavras. A sala está quieta exceto pelo barulho do relógio preso na parede marcando os segundos. Ryan torce as mãos.

— Precisa que eu testemunhe, não é?

— Imunidade processual em troca do testemunho nas apostas, o assalto à boate, o jogo da noite passada e tudo que viu ou escutou que fortaleça o caso do promotor público.

— Farei isso — diz, sem hesitação ou vacilo. Ryan me choca quando olha diretamente em meus olhos e responde imediatamente. — Onde assino? O que tenho que fazer? Não posso ir preso, Sam. Não posso fazer isso de novo.

Preciso de ajuda, uma grande ajuda, mas quero me manter na linha. Quero deixar Sean e você orgulhosos. Quero fazer isso pelo vovô e pela vovó, por mamãe e papai. Preciso fazer isso para fazer as coisas certas.

Vejo o brilho molhado das lágrimas em seus olhos e sei que está assustado. Algo dessa vez fez com que se desse conta, e eu solto a respiração que estava prendendo.

— Por favor, me ajude, Sam. Preciso fazer isso. Chega de estragar as coisas. Pensei que eu fosse invencível e minha estupidez quase fez com que Sean fosse preso. Agora preciso fazer as coisas direito. Se fizer isso, se testemunhar me ajudará nisso, então traga o detetive, os papéis, assinarei o que quiserem.

Alcanço sua mão na mesa e coloco a minha por cima.

— Ry, Sean te ama. Ele não sairia da cama no meio da noite e me diria para não fazer nada se não o amasse. Está fazendo a coisa certa, principalmente para você.

Levanto-me e o olho uma última vez antes de abrir a porta e sair. Quando chego à mesa de Jeremy, seus olhos encontram os meus e apenas uma levantada de queixo é o que preciso para respondê-lo.

— Tomarei conta disso, docinho. Me avise quando encontrar seu homem.

— Avisarei, Jer. Obrigada. Por tudo.

— Disponha. Agora saia daqui antes que o capitão a veja e comece a fazer perguntas. Você é uma ótima policial e uma mulher melhor ainda. Todo mundo sabe disso.

Incapaz de dizer algo sem começar a chorar, aceno e vou embora, contudo, dessa vez, me sinto como se estivesse caminhando em direção a algo, e não fugindo.

Quando, mais tarde, ligo para Sean de casa, acabo deixando uma mensagem em seu correio de voz, dizendo tudo o que ele não estava me deixando dizer pessoalmente. Digo tudo, coloco todo o meu coração para fora e ainda falo que espero ouvir notícias dele.

O que mais posso fazer?

Sean

Deixo meu telefone na mesa, não quero atendê-lo ainda. Minha cabeça está latejando e minha boca parece como se eu tivesse chupado um pano de prato viscoso. Não é meu melhor momento, tenho certeza. Vou até o final do corredor e tomo um banho rápido. Visto umas roupas que encontrei na mochila da academia que estava em meu escritório e, depois, sento-me atrás da minha mesa novamente, descansando a cabeça nas mãos e desejando que o Advil comece a fazer efeito.

Meu telefone apita com outra chamada perdida. Pego-o, destravo a tela e vejo o ícone de mensagem de voz. Apertando os dentes, ligo para a caixa postal e espero a mensagem começar a tocar.

"Sean, sou eu. Sei que foi liberado de manhã e sei que o deixaram onde estava seu carro. Obviamente, você sabe que liguei para o meu amigo Jeremy e lhe pedi que fizesse algo para ajudá-lo ontem à noite e estou supondo que é por isso que você não veio para casa, para a nossa cama, para mim..."

Sam falou nossa casa. Nossa cama.

"... Sei que está bravo comigo, e parte disso é justificável, mas a maior parte não. Fiz o que tinha que fazer como uma policial que sabia que algo ilegal estava acontecendo e, como uma mulher que sabia que o homem que ama estava indo em direção ao desconhecido, possivelmente numa situação perigosa."

Ela me ama. Porra! Meu coração incha. Eu sabia disso, mas escutar essas palavras saindo da boca dela... é impossível descrever.

"Eu sabia o que podia acontecer naquele lugar de jogos ilegais, Sean. Passei um período no setor de narcóticos e no crime organizado, e sabia que você iria até lá desarmado e sem uma escolha, o que é burrice nesses casos. Jeremy vem investigando essas apostas ilegais, está à frente de uma força-tarefa e trabalha para acabar com esses caras. O que aconteceu ontem à noite o ajudou muito. Já fui até a delegacia hoje de manhã e conversei com o Ryan. Conseguimos um acordo para ele caso testemunhe. Ry escapou do terceiro delito e me prometeu fazer o que fosse preciso."

Merda. Com toda a minha raiva, nem pensei que essa era a última chance do Ryan. Fecho os punhos e soco minha mesa. Eu estava tão absorto e furioso com ele por estragar tudo novamente depois de tantas promessas de que tomaria jeito que me esqueci das consequências para ele. Três erros significariam ir preso por muito tempo na prisão.

"De qualquer forma, espero que receba essa mensagem e venha me ver quando tiver se acalmado. Espero que consiga ver meu ponto de vista. Dadas as circunstâncias, eu não tinha uma opção. Sou uma policial, não posso fazer vista grossa quando sei que um crime está sendo cometido, e não conseguiria me perdoar se algo tivesse acontecido contigo ou com o Ryan. Amo meu trabalho, mas também amo você, Sean. Sempre amei. Eu estava apenas negando. Mas não estou mais escondendo isso. Quero você, quero tudo que pode me dar e mais. Quero me dar a você, meu corpo, meu coração, tudo. Espero que ainda queira me dar uma chance."

Porra. Sou um cabeça dura.

Levanto-me repentinamente e tenho que me segurar na mesa quando uma vertigem ameaça me derrubar. Quando a sala para de girar, ligo para o serviço de carro que está na discagem rápida do meu telefone fixo e peço um carro para me levar em casa assim que tiverem um disponível. Pego minhas chaves da mesa, coloco meu celular no bolso traseiro, fecho a boate e vou até a frente do estabelecimento, onde espero pacientemente pelo carro.

Tento ligar para o telefone da minha casa, mas não obtenho sucesso. Então, tento ligar para o celular da Sam. Ela não atende e desligo antes de deixar uma mensagem. O que preciso dizer tem que ser dito cara a cara.

O carro chega e me sento no banco traseiro, dizendo ao motorista para me levar para casa. Para a minha garota.

Sam

São quase duas horas da tarde. Finalmente recebo uma ligação do Sean, mas sem mensagens, então, não vou criar expectativas até que me ligue novamente e eu realmente o escute.

Estive pensando sobre os últimos quatro meses. Nosso relacionamento tem sido muito fácil dessa vez, tendo em vista que admiti a verdade para mim mesma e para o Sean. Se tivesse exposto minhas dúvidas para ele antes, quando estávamos juntos na primeira vez, poderíamos ter tido uma chance de verdade, porém, ingenuamente, escutei minha mãe de coração partido e deixei-a transformar a necessidade de controle de Sean em algo feio e falso. Ao invés de ser capaz de prosperar em sua mão e florescer sob seu domínio no quarto, joguei tudo isso fora e me escondi. Sean nunca tentou controlar e ditar a minha vida. Ele se importava comigo.

Me amava.

Por isso, quando deixei aquela mensagem em seu correio de voz de manhã, deixei tudo vir à tona. Coloquei todas as cartas na mesa, sem ter uma desculpa de falta de comunicação para estragar as coisas. Queria que soubesse meu ponto de vista e quão importante é meu emprego, mas também quão importante ele é para mim. Recebo uma ligação de Jeremy dizendo que Ryan está livre para ir e que precisa que o peguem. Levo-o para o apartamento dele. Ryan estava muito quieto, quase contemplativo, até que estacionei do lado de fora do seu prédio.

— Ryan, certifique-se de comer algo e dormir. Acho que você não dormiu o suficiente naquela cela. — Sorrio carinhosamente e seus olhos ganham aquele brilho novamente.

— Não, não acho que eu conseguiria — diz.

— Amanhã você precisa ligar para sua terapeuta e marcar outra consulta. E é sério o que falei. Irei às suas reuniões dos Apostadores Anônimos se eu tiver que ir. Serei sua madrinha, se isso ajudar.

— Sinto muito, Sammy. De verdade.

— Eu sei, Ry.

— Diga a Sean que sinto muito.

— Você mesmo pode dizer. Isto é, se ele aparecer do lugar onde está escondido.

— Provavelmente está no clube, trancado em seu escritório. Ele a procurará quando se acalmar. Você verá.

— É bom que um de nós seja confiante.

Antes de sair do carro, Ry se inclina e coloca a mão em meu ombro.

— Meu irmão nunca te esqueceu, Sam. Nunca teve outra namorada nem se casou. Tudo sempre foi a carreira dele, a boate, e, claro, pagar pelas minhas merdas. Agora está na hora de vocês dois serem felizes para sempre. Ele aparecerá.

— Espero.

Com um beijo gentil de despedida em minha bochecha, Ryan sai do carro e entra no prédio. Dirijo de volta para casa para começar o jogo da espera, que não demorou muito para começar.

Sentado no degrau da escada da porta da frente quando estaciono está o único homem que amo.

Capítulo 22
Vamos Ficar Juntos

Sean

Sam sai do carro e seus olhos estão grudados em mim enquanto dá passos lentos, quase cautelosos, em minha direção. Seus lábios franzidos são o único sinal de sua cautela quando me evita nos degraus e destranca a porta da frente.

— Venha. — Suas palavras são suaves e incertas, como se tivesse tentado se prevenir do que está por vir.

— Sammy, eu...

— Vamos entrar primeiro, Sean. Prefiro estar com uma caneca de café nas mãos antes de começarmos a conversar. Pelo seu olhar, suponho que você dormiu tanto quanto eu, o que não foi muito, por sinal.

Sigo-a para o seu apartamento, fecho a porta atrás de mim e a vejo deixar a bolsa no balcão da cozinha e ir direto para a cafeteira. Sam a liga e pega duas canecas do armário de cima.

— Acabei de deixar Ryan em casa. Ele está muito arrependido, então recomendei que comesse algo e dormisse. — Sam está falando bem rápido, mas sua voz é firme. — E Jeremy conversou com o promotor público e o acordo está assinado. Ryan só precisa continuar indo às reuniões dos Apostadores Anônimos e aos encontros com a terapeuta, e depois testemunhar contra o cara que estava com ele ontem à noite. Você provavelmente terá que testemunhar contra ele também, mas Jeremy não me disse muito sobre o que vocês conversaram. — Sam está tão nervosa que está até divagando, falando a um milhão de quilômetros por hora. — E me ofereci para ser madrinha do Ryan nos Apostadores Anônimos, se ele quiser. Caso contrário, disse que iria às reuniões, se precisasse de mim. O que quer que precise, farei.

Sam para de falar, mas continua a encarar a cafeteira. Estou parado no mesmo lugar, encostado nas costas do sofá, de frente para a cozinha. Escuto-a

Felicidade Desejada 177

respirar profundamente, quase como se estivesse se preparando para algo, antes de virar e vir em minha direção segurando uma caneca de café preto nas mãos. Olho para cima e lhe ofereço um sorriso gentil, que ela retribui.

— Obrigado, querida.

Vejo-a caminhar e se aconchegar na cadeira do canto. Contorno o sofá e me sento no limite do sofá cinza de três lugares de camurça para poder ficar próximo dela. Odeio a distância emocional que aumenta entre nós agora, como se de repente Sam não soubesse como agir perto de mim, como se não tivéssemos praticamente morado juntos nos últimos meses, tocando um ao outro, amando um ao outro... Olho-a, absorvendo-a. Seu cabelo loiro tom de areia está longe de seu rosto, num rabo de cavalo alto, acentuando suas bochechas e a leve linha do maxilar. Aqueles lindos olhos verdes nos quais me perco diariamente... Aqueles lábios rosados mordíveis, os quais mal posso esperar para experimentar novamente...

Primeiro as coisas mais importantes.

— Você realmente quis dizer o que disse? — pergunto, recusando-me a deixá-la se afastar mais uma vez.

— O quê? — pergunta, sua voz saindo sem emoção.

— Sua mensagem. Você disse que me amava. Você realmente quis dizer isso?

Ela arregala os olhos por um momento antes de estreitá-los, como se não pudesse acreditar que eu estivesse perguntando isso.

— Claro que sim, Sean. Quis dizer cada palavra que disse.

Sam se inclina para frente e coloca a caneca sobre a mesa de vidro à sua frente antes de se levantar. Observo-a e aperto os dedos ao redor da minha caneca enquanto luto contra a vontade de pegar seus quadris e trazê-la para perto de mim.

Sam levanta as mãos e as coloca sobre meus ombros, passando-as por minhas clavículas e aninhando-as em meu pescoço. Toda a tensão que se construiu ao longo do dia se dissipa e, de repente, meu corpo todo relaxa. Seus olhos suavizam quando sente meus músculos relaxarem sob seu toque. Decido que agora é a hora de engolir meu orgulho teimoso e aceitar que a linda mulher à minha frente estava certa em fazer o que fez. Ela se manteve firme em sua decisão. Como posso ficar bravo por causa disso? Sam literalmente salvou minha vida ligando para a polícia. Dessa vez, não consigo evitar e coloco minhas mãos em seu quadril, olhando-a.

— Querida, me desculpe. — Sam faz que sim com a cabeça. Seus olhos ficam suaves e posso ver o brilho de algo ali. Algo bom. — Sou teimoso e idiota. Fui para a boate e bebi uma garrafa de tequila ao invés de vir procurá-la. Deveria ter vindo direto para casa, mas eu estava puto. Pedi que não ligasse para a polícia e você ligou.

Flexiono meus dedos, levando-os para debaixo da camiseta dela para que ela pudesse sentir sua pele contra a minha. Levanto-me para que fiquemos cara a cara.

— Eu amo você também — digo, inclinando-me e dando um leve beijo em sua boca, meus olhos travados nos seus. Então me afasto um pouco. — Sempre amei.

Deslizo as mãos por baixo da sua blusa, segurando em suas costas e puxando-a com força contra o meu peito. Dessa vez, corro minha língua ao redor dos seus lábios antes de lentamente introduzi-la na boca dela quando seus lábios se separam por causa de um gemido. As mãos de Sam correm para os meus cabelos e apertam os fios. Dou tudo que posso nesse beijo. Todo o calor, a paixão, os truques de quarto que possuo... nada disso significa qualquer coisa agora. É só Sammy, a mulher que eu amo e que finalmente admitiu o que eu já suspeitava há tempos.

Me afasto e encosto minha testa na sua.

— Estou perdoado? — pergunto, com um sorriso malicioso.

Sam sorri, seus lábios curvando-se num sorriso zombeteiro.

— Acho que manterei você por perto.

Rio.

— Isso é bom. Mas acho que ainda temos um problema... — Fico ereto e descanso minhas mãos em seu quadril novamente. Afasto-a um pouco para que meu pau possa aparecer em seu estado permanente de dureza.

— O quê? — pergunta, sua cabeça indo para trás em surpresa.

Olho pela sala de estar e percebo quão aconchegante e calorosa é.

— Algumas dessas coisas ficariam ótimas no condomínio... — Balanço uma das mãos pela sala, apontando o sofá, a cadeira e a velha estante de carvalho que está cheia de livros. — Aquela estante ficaria ótima em meu escritório. — Levanto-me e dou a volta no sofá no qual eu estava encostado. — Esse sofá é muito mais confortável do que o meu de couro.

Sam dá um passo para trás e com isso minha mão escorrega de sua cintura.

— Você quer levar minhas coisas e colocá-las no seu condomínio? — Suas mãos estão em seu quadril e sua postura é definitivamente a de uma mulher irritada.

— Bem, sim... — brinco. Luto para segurar um sorriso enquanto observo um conflito de emoções passar por seu rosto. Decido acabar com sua agonia. Dou um passo em sua direção e a coloco contra a parede. — Gostaria que levasse suas coisas para o condomínio uma vez que irá morar comigo. — Dou-lhe um beijo rápido e com força antes de ir até a estante e folhear os livros como se Deus tivesse me dado o direito. Existe um método para a minha loucura, acredite.

— Oh, claro que não.

Tento ocultar as emoções do meu rosto para parecer sério quando volto a encará-la.

— Você não pode simplesmente decidir isso, Sean Miller. Você *não* pode vir até a minha casa e declarar que estou me mudando para morar contigo sem nem mesmo me perguntar de uma maneira bonita. Nem pensar. Você pode mandar em mim na cama, mas nunca poderá decidir o que acontecerá em minha vida sem me perguntar primeiro. Não! — Seus olhos são puro fogo enquanto ela me encara, e sei que essa é a mulher que quero para sempre.

Vou até Sam, empurro seu corpo contra a parede da sala e seguro suas bochechas em minhas mãos enquanto corro minha língua por sua boca e a beijo com tudo. Afasto-me apenas o suficiente para colocar as mãos por embaixo da sua bunda e levantá-la. Suas pernas instintivamente envolvem meu quadril quando a levo pelo corredor em direção ao seu quarto. Ao chegarmos à cama, viro-me e caio nela, causando um gemido ansioso em Sam.

— Diga sim — murmuro contra seu pescoço, enquanto dou beijos molhados em sua pele.

— Porra, sim — responde ela, sua voz entrecortada e descontrolada. Eu mesmo não poderia ter dito melhor.

Capítulo 23
Sob Controle

Sam

Já faz um mês que estou morando com Sean. Trinta dias de uma feliz vida doméstica. Bem, quase. Sean parece gostar de me irritar só para ter sexo quente de reconciliação depois. Já é quase previsível agora. Isso não quer dizer que deixo passar. Começa com coisas pequenas — louças sujas na pia, argumentos sobre a necessidade (ou a falta dela) de se ter uma empregada agora que estou morando aqui, ah, e a recusa absoluta de Sean em me deixar pagar aluguel. ESSA foi uma das boas. Acabei com minhas pernas abertas e amarradas na cama, minhas mãos ainda livres para poder segurá-lo enquanto me torturava, primeiro o meu rosto, depois o meu quadril, provocando-me até que desisti e concordei em comprar a comida, mas não pagar o aluguel. Ao invés disso, Sean me ofereceu aceitar o pagamento com favores sexuais. Isso fez com que ele ganhasse um tapa no peito e uma carranca, e a mim foi negado um orgasmo por uma hora inteira até que eu estava gritando com ele para que me fizesse gozar ou que me deixasse fazer por mim mesma.

É quinta-feira à noite e acabei de encerrar meu turno. Fui direto para a boate onde Sean me disse que estaria trabalhando em alguma papelada. Esgueirando-me pela entrada dos fundos com minha chave, faço o caminho da equipe pela escada para o andar VIP, indo até o final do longo corredor até que estou em frente à porta preta. Bato três vezes antes de entrar.

— Querida, você está adiantada — ele fala, olhando-me quando me inclino contra a porta. Suas sobrancelhas se franzem diante da visão. — E ainda de uniforme?

Dou uma leve mexida de cabeça e o observo.

— Não pensei que fosse reclamar, mas posso ir embora se quiser... — Viro-me de lado segurando a maçaneta da porta, e vejo-o sorrir.

— Não precisa se precipitar. Não terminei ainda, é só isso. — Sua voz cheia de diversão e reconhecimento de quem sabe que me pegou blefando. Maldito. Decido seguir com meu jogo. É aniversário *dele*, afinal de contas, e aniversários são todos com surpresas e mimos.

— Vou esperar aqui no sofá, não se incomode. — Sean levanta uma sobrancelha e observa enquanto tiro os sapatos e me sento no chão. Recosto-me em seu sofá de couro preto e coloco minha bolsa de trabalho ao meu lado.

— Não demorarei muito — explica.

— Tudo bem. Tenho algum tempo. — Sorrio docemente. Com uma leve balançada de cabeça, ele volta a atenção para seus papéis sobre a mesa, alternando entre eles e o que parece ser relatórios em seu computador.

Pego minha bolsa, abro-a e encontro minhas algemas e meu cassetete. Hora de os jogos começarem.

Encostando no sofá mais uma vez, coloco o dedo indicador dentro de um dos círculos da algema e a giro ao redor do dedo. O barulho do metal brilhante e da corrente é o suficiente para chamar a atenção de Sean, que primeiro vira a cabeça em minha direção, depois a cadeira. Mesmo a alguns metros de distância, consigo ver a linha do seu pau já duro em suas calças e suas pernas abertas para ter mais conforto. Todos os meus planos fogem da minha mente quando sou vencida pelo desejo de me afundar no chão no meio de suas pernas, abrir sua calça e enfiar seu pau em minha boca.

— Vendo alguma coisa de que gosta, Sammy?

— Acho que gosto mais do que estou segurando, senhor Miller. — Dou-lhe um sorriso doce e inocente, e ele rosna e aperta os braços da cadeira de couro.

— O que você tem na outra mão, Sammy?

— Ah, apenas meu cassetete F21 padrão expansível. Sabe, aquele que eu não deveria ter trazido para casa comigo. Ops. — Minha voz está cheia de inflexões, uma inocência fingida que só faz o sorriso maroto de Sean aumentar.

Sean se levanta e caminha até mim, parando quando está totalmente na minha frente. Seus olhos escuros estão cheios de calor.

— Precisa ser punida?

— Bem, uma vez que peguei isso para o *seu* aniversário, acho que é justo. — Rio, expondo meu plano completamente dentro de cinco minutos perto de Sean. Sou um caso perdido.

Estendo minha mão para ele, que envolve meu pulso como uma algema e me levanta, trazendo meu corpo suave para junto do seu forte. Simplesmente divino.

— Amo seus planos sujos, Sammy, mas, como disse, você deve ser punida. E é meu aniversário, no final das contas. Devemos ir para casa, então?

Hesito, muito nervosa para dizer o que realmente quero dar de presente. A única coisa que tenho segurado desde que voltamos para a vida um do outro.

— Eu... quero ir para o seu quarto VIP, Sean.

Ele congela com minhas palavras.

— Querida, você não tem que fazer isso por mim. Não preciso mais do quarto. Tenho você e amo tudo o que fazemos e todos os lugares em que fazemos.

Coloco minha mão em seu rosto.

— Quero que me leve para seu quarto VIP, Senhor. Quero que faça o que quer comigo, o que julgar necessário. Estou me deixando em suas mãos, deixando tudo a seu critério, *Senhor*.

Sean

Pensei que estivesse duro antes, mas não era nada comparado ao intenso latejar que sinto em minha virilha agora. Sam não só me chocou com suas algemas e seu cassetete, mas principalmente por querer que eu a leve ao meu quarto VIP, para possuí-la na boate, algo que pensei que ela fosse tão veemente contra que nem mesmo sugeri a possibilidade.

— Tem certeza? — pergunto, meu rosto cheio de preocupação. Não há a menor possibilidade de fazer isso se Sam não tiver certeza.

Ela me olha e sorri, seus olhos cheios de malícia quando me entrega as algemas e o cassetete.

— Tenho sido uma garota má, Sean. Preciso que me leve ao seu quarto e me espanque.

Porra.

Como uma onda de calor direto no meu pau, essa é toda confirmação de que preciso. Inclino-me e a jogo por cima do meu ombro, carregando-a até a porta do meu escritório, e ela grita de surpresa. Seguro-a firme, dando-lhe um tapa forte na bunda quando se contorce.

— Comporte-se, Sammy — rujo. Tiro o molho de chaves do bolso, abro a porta à minha direita, caminho e a fecho atrás de mim.

Coloco Sam no chão, passando as mãos por toda a lateral do seu corpo, traçando suas curvas até seus seios. O subir e descer rápido do seu peito me mostra quão sem fôlego está, e aposto tudo que tenho que ela já está molhada e pronta para mim. Minha necessidade de tê-la pesa em minha mente, mas ainda tem o pequeno problema do seu "castigo" que devo resolver. É minha responsabilidade, sabe.

— Tire suas roupas — ordeno, ficando à sua frente de braços cruzados na altura do peito.

As mãos dela correm para sua camisa, deixando-a cair no chão. Depois, desabotoa o sutiã, para logo em seguida retirar a calça do uniforme e, por último, tira a pequena calcinha preta, acrescentando-a à pilha de roupas ao seu lado no chão.

Corro minhas mãos pelos seus braços e envolvo meus dedos firmemente em volta dos pulsos dela, rindo quando ela resiste em permitir.

— Tsc tsc, senhorita Richards. Esse era o seu plano o tempo todo, e vou me certificar de que o seguiremos. Fique aí um momento, Sammy, enquanto decido onde e como vou possuí-la. Não se mexa, nem se vire. Quero que olhe a si mesma no espelho da porta. Não olhe para outro lugar. Quero que olhe e veja a mulher que amo, a beleza que admiro, e o corpo que todo homem deseja, mas nunca terá. — Meu comando é profundo e penetrante.

Sam assente em concordância. Sua respiração aumenta em expectativa e começa a afetá-la de uma maneira mais requintada. Seus mamilos estão duros e tentadores, suas pernas estão firmes, mas um pouco trêmulas.

Caminho ao redor dela e coloco o cassetete na mesinha ao lado da querida cadeira de couro vermelha que considerarei levar para minha casa, uma vez que vou abrir mão desse quarto para outro cliente pagante. Mas essa pode ser as boas novas que contarei a Sam *depois* que terminarmos de aproveitar meu presente de aniversário.

Engancho as algemas em meu cinto e vou na direção dela, travando nossos olhares no espelho por cima de seus ombros enquanto avanço em direção ao seu corpo trêmulo.

— Sean — Sam sussurra, e minhas mãos vão direto para o quadril dela, fazendo leves círculos em sua pele enquanto coloco seu rabo de cavalo para o lado com meu nariz, gentilmente pressionando meus lábios no início de seu pescoço. Sinto um tremor passar pelo corpo dela e sorrio quando passo minha boca por sua pele, deixando uma linha de beijos até o ponto abaixo de sua orelha, encontrando seus olhos cheios de calor e quase desesperados no espelho.

— Linda pra cacete, querida. Melhor aniversário em anos, pois estou aqui contigo. — Corro minhas mãos por sua barriga e meu olhar cai para meus dedos conforme eles avançam em direção à pélvis dela, investigando a junção entre suas pernas. Sam deixe a cabeça tombar em meu ombro e um gemido ecoa pelo quarto quando esfrego meu polegar em sua boceta molhada. Afasto-me e dou uma mordida na pele suave de sua clavícula.

— Porra! — ela fala, sua voz quase um sussurro. Minhas mãos deslizam pela barriga dela até chegarem aos seios. O peso deles é mais do que uma tentação e corro meus polegares por cima de seus mamilos endurecidos, apertando apenas o suficiente para ver seus olhos fecharem por causa das ondas de prazer que passam pelo seu corpo.

Levo minhas mãos até seus pulsos, cercando-os com meus dedos, e lentamente levanto-os para a frente dela, mantendo-os no lugar com uma das mãos enquanto a outra pega as algemas que estão em meu cinto. Coloco-a primeiro em um de seus pulsos e depois no outro até que ambas as mãos estão presas contra sua barriga e posso facilmente passar um dedo pela parte de dentro da algema.

— Vire-se, Sammy — falo, e ela obedece lindamente. A maneira como se entrega a mim ainda é uma experiência inebriante e um presente que honro todo dia.

Seus olhos estão vidrados quando encontram os meus. Sua cabeça está confusa e seu equilíbrio está fora do eixo conforme assimila o jogo que estamos jogando.

— É a hora do seu primeiro castigo.

— Primeiro?

Corro o dedo por seu cabelo, depois até sua bochecha e, por fim, até seu lábio inferior, abrindo-o.

— Primeiro e último, querida. Quero sentir sua pele em minha mão, quero ouvir sua expectativa enquanto recupera o fôlego e tenta adivinhar onde minha mão a acertará depois. — Seus olhos incendeiam de luxúria e sei que está totalmente a fim desse "castigo". Nós dois sabemos que não é um castigo, mas um prelúdio para algo prazeroso que virá a seguir.

— Preciso que fique em pé ali e se incline sobre minha cadeira. Depois, irá esticar os braços à sua frente e segurar do outro lado até que eu mande fazer outra coisa. — Sam fecha os olhos e geme, sem afastar a reação que seu corpo demonstra automaticamente às minhas palavras.

Incapaz de resistir ao menor dos sabores, seguro seu rabo de cavalo e puxo-o com força, levando minha boca até a dela e investindo minha língua bem fundo. Um rugido ecoa entre nós, e eu provo e tomo tudo dela, seu glorioso corpo se derretendo contra o meu em uma gratificante súplica.

Conforme me afasto, a satisfação surge em mim quando seus olhos se abrem lentamente, suavemente me olhando, e lhe ofereço um sorriso malicioso.

— Agora, Sammy.

Sam vai até a cadeira. O leve balanço de seu quadril nu é uma prova sedutora do prazer que nós dois teremos.

Uma vez que Sam seguiu minhas instruções ao pé da letra, fico atrás dela, pressionando meu pau duro contra seu quadril. Tiro minha blusa silenciosamente, construindo a expectativa. Inclino meu peito nu em suas costas e levemente descanso sobre ela. Sua respiração se torna dura até estar ofegante embaixo de mim e sua bunda rebolando contra o meu pau. Coloco minhas mãos sobre as dela, lentamente correndo o cassetete de polícia sobre sua pele, deixando um rastro de arrepios conforme o material frio passa pelos seus ombros. Passeio a ponta até o final da coluna dela e Sam treme de necessidade conforme chego mais próximo da sua bunda. Passo por sua bunda e bato algumas vezes em expectativa, sem perder o gemido erótico que sai dos lábios dela. Continuo a descer até sua coxa direita, pressionando-o na curva do seu joelho, e depois até seu tornozelo. Em seguida, subo por dentro das suas pernas, retardando uma pausa impossível até o ápice de suas coxas, esfregando-o contra a umidade de sua boceta antes de continuar descendo até a outra perna.

Minha própria respiração aumenta conforme me inclino no chão e abro mais suas pernas, deixando o cassetete de vinte e um centímetros entre seus pés.

— Você não voltará a colocar as pernas juntas novamente, Sammy. Quero que segure esse cassetete entre os pés e, não importa o que eu faça ou o que seu corpo instintivamente deseje fazer, você não fechará as pernas para mim. Entendeu, querida?

— Sim — ela sussurra roucamente, o desespero em sua voz como música para os meus ouvidos. Ela está bem ali comigo, desesperada por mais, desejando meu toque, minha boca, minhas mãos, meu pau.

Preciso dela mais do que preciso da minha próxima respiração. Ajoelho-me atrás dela e movo minhas mãos pelo seu corpo, firme e com um propósito quando meus dedos chegam perto da sua umidade. Coloco a cabeça entre as pernas dela, enterrando repentinamente minha língua dentro da sua boceta molhada. O grito que escapa da sua boca me estimula e repito o movimento várias vezes antes de levar minha boca até seu clitóris inchado e sugá-lo, tocando-o com a ponta da língua até que Sam grite meu nome, seu clímax a tomando de surpresa com tremores que seu corpo dá ao meu redor.

Levanto-me e fico atrás dela. Passo minhas mãos por sua bunda novamente, esfregando círculos sobre sua pele agora sensível.

— Sean, eu... não sei se aguento mais.

Afasto rápido minhas mãos e rapidamente me desfaço da minha calça e da boxer ao mesmo tempo, jogando-as para o lado com o pé.

— Você pode e irá. Por mim, pelo meu aniversário. Quero ver sua bunda ficar vermelha sob minha mão antes de afundar meu pau bem fundo dentro da sua boceta. Quero que implore por mim, implore que eu te faça gozar.

— Preciso de você *agora*, Sean. Mais do que qualquer coisa nesse mundo — fala, enquanto faço leves círculos na sua bunda.

— Paciência, querida. Você sabe que eu amo uma gratificação tardia. Esperei por você por dez anos. Esperei dez anos por *isso*. — Levanto minha mão e a desço rápida e firmemente, espalmando-a contra a pele pálida e macia da bunda de Sam. Seu grito de choque e prazer enche meus ouvidos e esfrego suavemente o local que minha mão bateu.

— Mais — ela geme, levantando o quadril para mim. Mordo meu lábio para segurar um gemido antes de bater do outro lado da bunda dela numa sucessão rápida, correndo meu dedo indicador para o meio de suas pernas e verificando quão molhada está.

— Está gostando disso, querida? Está pingando por *minha* causa. Seu corpo está clamando por mim. — Ela choraminga em necessidade enquanto passo o dedo ao redor de seu clitóris com precisão e leveza, provocando-a de uma maneira mais íntima.

— Seaaaaaaan — sussurra meu nome, e, puta que pariu, sinto isso direto no meu pau.

— Você aguentará mais Sammy. Quero que fique no limite para quando eu me enterrar em você; quando suas paredes me apertarem. — Levo o dedo do seu clitóris até sua fenda molhada e depois até a curva de sua bunda vermelha.

Levanto minha mão mais uma vez e dou-lhe mais um tapa. Este arde mais do que os outros. Sam grita meu nome e, de repente, sinto uma necessidade de tocá-la. Inclino-me sobre suas costas. O calor irradiando da sua pele queima minhas pernas e meu pau duro aninha-se em sua bunda. Beijo seu ombro gentilmente, causando tremores em seu corpo necessitado.

— Preciso de você tanto quanto você precisa de mim. Me diga o quanto me quer, Sammy. Quão desesperada está para ter meu pau...

— Por favor, Sean. Não posso aguentar. Preciso de você comigo. — O desespero em sua voz me atinge e perco qualquer perspectiva que eu tinha de prolongar isso por mais tempo.

— Foda-se — murmuro com os dentes cerrados enquanto afasto meu quadril, posicionando meu pau em sua entrada e depois afundando-o profundamente nela. O som do encontro das nossas peles é o mais satisfatório do mundo, além do meu nome sendo entoado pela linda mulher embaixo de mim como a mais reverente benção.

Movo-me para trás e depois me enterro de novo, repetindo isso várias e várias vezes até que meus dedos afundam em seu quadril e a cabeça de Sam cai para o lado quando seu clímax a atinge e ela aperta meu pau. Gememos juntos, levados por uma intensidade que só experimentamos um com o outro.

Tiro o meu pau lentamente de dentro dela e caio contra suas costas, lutando para recuperar o fôlego depois disso.

Melhor aniversário de todos.

Melhor mulher do mundo.

E é toda minha.

Epílogo

Música: Be My Forever
Christina Perri e Ed Sheeran

Ando de um lado para o outro na sala. Paro brevemente para verificar meu relógio antes de retomar minha marcha nervosa. Rolo os polegares um sobre o outro, com as mãos unidas e úmidas à minha frente. Meu estômago está apertado assim como minha mente pensa em todos os resultados possíveis.

Ouço o clique da porta da frente e a bolsa de ginástica da Sam caindo no chão. Foda-se, é isso. O momento na vida de um homem quando ele põe tudo em jogo, bolas e tudo, oferecendo-lhes à mulher que ama, confiando a ela seu coração e alma pelo resto da vida.

Merda, será que é cedo demais? Será que ela pensará que fiquei louco e vai rir de mim? Sacudo os ombros e vou até a janela. A visão do parque me acalma levemente conforme ouço os passos de Sam na escada ficando cada vez mais altos conforme ela se aproxima da sala.

Dou uma olhada novamente no relógio: dez horas da manhã. Helen chegará ao meio-dia. Não posso apressar isso, embora eu mal possa esperar para perguntar.

Olhe para mim agora: o grande e mau dominador aos pés de sua bela e submissa namorada. Nunca fiz isso antes. Nunca *quis* fazer isso antes. Nunca nem mesmo considerei isso, e agora estou uma pilha de nervos.

Torço as mãos e fecho os olhos, respirando longa e lentamente para tentar me acalmar.

Na última semana, tudo que fui capaz de pensar foi sobre este dia. Será que sim ou que não? Será que posso adiar? Será que já tivemos tempo suficiente para fazermos dar certo dessa vez?

Perdido em minha ansiedade, sinto as mãos quentes de Sam em meu peito, seus seios pressionados contra minhas costas e a bochecha apoiada em meu ombro.

— Bom dia — Sam murmura quando minhas mãos cobrem as suas e as seguro.

— Bom dia, querida. Como foi o treino?

— Bom, embora eu consiga pensar em várias maneiras mais proveitosas de suar. A maioria envolvendo você...

Rio da audácia dela. Levou um tempo para que chegássemos a esse ponto. Adoro o fato de que tenha sua sexualidade e não a esconda. Amo que se doe e confie em mim para saber exatamente o que quer e precisa.

Amo coisas diferentes disso, que Sam tenha força de vontade e seja provocadora, que me enfrente quando quer e sabe que a respeito por isso. Por outro lado, amo que seja carinhosa e prestativa, sempre disposta a ajudar seus amigos e colegas. Amo quando a situação fica crítica e ela coloca a si mesma e a seu trabalho em risco para limpar o meu nome e ajudar Ryan a se livrar das merdas em que se meteu. Amo que tenha esperado que eu me recuperasse e aceitasse que não estou mais sozinho no mundo.

— Amo você — digo suavemente. Sua respiração acelera como das outras vezes que eu disse essas palavras a ela. É como se não pudesse acreditar que nos encontramos novamente.

Retiro minhas mãos e me viro em seus braços, encontrando seus olhos quando o faço. Eles estão arregalados e cheios de lágrimas. Sam coloca as mãos sobre meu coração e seus dedos apertam minha camisa enquanto continua a me encarar. Seguro seu maxilar e me inclino, beijando-a suavemente antes de me afastar.

— Amo você, Sammy. Sabia disso no momento em que a vi novamente. Sabia disso no momento em que parei na sua porta e você roubou meu ar. Sabia disso quando entrou no salão do jantar festivo da Fundação. Sabia disso quando se deu a mim, mesmo estando assustada pensando que poderia se machucar. E sabia disso no momento em que colocou seu trabalho em risco para me salvar...

— Sean, eu...

— Sammy, amo você há onze anos. Nunca parei. Sempre quis o que meus pais tinham. Queria alguém para olhar para mim como minha mãe olhava meu pai. Eles eram muito apaixonados. Não eram de demonstrar ou de se ver nos rostos deles, mas era evidente para todos que olhassem. Viveram e amaram, depois morreram juntos. Quero passar minha vida com você, quero viver o resto da minha vida amando você. Quero amá-la tanto que me olhará com adoração e confiança, com amor...

Dou um passo para me afastar dela, tirando do meu bolso uma caixa de veludo preta que esteve queimando em meu bolso pela última meia hora. Com dedos trêmulos, abro e revelo o anel de noivado da minha mãe, de safira e diamante. Fico de joelhos e a olho, seus brilhantes olhos verdes agora cintilando e lágrimas rolando pelo seu rosto.

Pego sua mão esquerda e aperto-a com força enquanto engulo o nó que se formou em minha garganta, meus próprios olhos ficando úmidos.

— Samantha Grace Richards, você envelheceria comigo? Seria a mãe dos meus filhos e me faria o homem mais feliz do planeta? Quer casar comigo?

Sam morde o lábio e faz uma pausa. O silêncio ensurdecedor faz meu mundo parar de girar esperando pela resposta que quero ouvir. A palavra que *preciso* ouvir.

— Sim — diz, com a voz rouca. Tiro o anel da caixa e o coloco em seu dedo. Sam se ajoelha e joga o corpo contra o meu. Nossos lábios se unem febrilmente quando nos atacamos com uma paixão renovada.

— Amo tanto você! — Sam murmura em meus lábios antes de passar a mão pelo cabelo, puxando-o para o lado e expondo seu pescoço para a minha boca conforme dou beijos por sua garganta.

— Porra, preciso estar dentro de você agora — rujo. Deito-a no tapete à nossa frente, cercados pelo brilho do horizonte de Chicago que passa pela janela. Tiro sua legging e sua calcinha, jogando-as para o lado antes de pairar sobre seu corpo e beijar sua boca. Deslizo minha língua pela dela e esfrego o quadril contra o seu. Sam geme audivelmente, o que me deixa ainda mais excitado.

Sam alcança meu cinto e se atrapalha, desabotoando-o. Logo depois meu jeans é abaixado apenas o suficiente para que meu pau rígido apareça. Abro meus olhos e a vejo abrir as pernas para mim, seus olhos cheios de calor quando a penetro, enfiando até o fundo, saboreando a sensação de estar dentro da minha noiva, o amor da minha vida.

Levantando os quadris contra os meus, deslizo todo o caminho para fora antes de colocar de volta dentro dela, e seu gemido ecoa por toda a sala. Suas mãos passeiam e seguram minha bunda, e as unhas dela cravam em minha pele nua. Levamos o tempo que precisamos enquanto eu fico adorando o corpo dela de cada jeito que posso. Saber que ela é minha pelo resto da minha vida me acalma. Demoro-me em beijá-la, as investidas lânguidas do meu pau amplificando nosso clímax, seu corpo se apertando contra o meu, ordenhando-me com tudo e, depois, voltamos juntos para a Terra.

— Sou o filho da puta mais sortudo de Chicago — anuncio com um sorriso enquanto tiro o cabelo dela do seu rosto, me perdendo em seus olhos verdes.

— Isso me torna a garota mais sortuda então, não é, *noivo*? — ela fala gentilmente.

— Eu meio que tenho uma surpresa a mais para você, Sammy.

Sam franze as sobrancelhas. Suas mãos descansam em meu rosto enquanto ela luta para afastar o olhar do lindo e antigo anel em seu dedo.

— Mais do que isso?

— O que diria se falasse que gostaria de casar com você hoje?

Seu corpo fica rígido embaixo do meu e sua voz treme quando pergunta novamente:

— Como? Precisamos de uma licença primeiro e depois um dia de espera.

Adoro o fato de que ela sabe isso. Sorte a minha, que já pensei nisso tudo. Sorrio para ela, nossos corpos ainda intimamente conectados enquanto meu corpo se mexe para trás e para frente, meu pau começando a endurecer novamente.

Inclino a cabeça e corro a língua pelo seu lábio inferior.

— Podemos fazer a cerimônia aqui hoje, depois podemos ir à Prefeitura na segunda-feira de manhã. Já marquei uma hora para nós. Depois, voltamos na terça-feira e nos casamos em frente ao juiz de paz, tornando tudo legal.

Me afasto e vejo seus olhos turvos novamente.

— Mas hoje, em frente aos nossos amigos, vou prometer meu amor e minha vida a você. Na riqueza e na pobreza. — Beijo-a. — Na saúde ou na doença. — Beijo-a. — Até que a morte nos separe...

Beijo-a com vontade, devorando sua boca e roubando de sua mente pensamentos coerentes, enquanto dou tudo que tenho nesse único beijo. Quando levanto minha cabeça, Sam está concordando entre lágrimas novamente.

— Porra, amo você, Sean Miller.

— Eu sei — digo, com um sorriso enorme no rosto. — Então acho que isso é um sim? — pergunto, com uma sobrancelha arqueada.

— É um sim enorme. Mas, espere, não tenho um vestido nem nada.

Rio. Meu corpo balançando contra o dela me faz ganhar um gemido de Sam.

— Tudo já foi providenciado. Mas primeiro...

Invisto meu quadril contra o dela, meu pau esfregando seu ponto G, enviando um tremor pelo seu corpo. Mais uma vez, nos perdemos em nós mesmos no momento em que a tomo no chão da nossa sala, sem parar até que ela esteja se contorcendo embaixo de mim, dando-se a mim intimamente, uma aceitação física da minha proposta.

E, para ser sincero, é meio que esperado que tome minha futura esposa apenas algumas horas antes do nosso casamento. É bem o meu jeito.

Sam

Helen se agita ao meu redor enquanto passo as mãos pelo vestido branco de cetim. Helen me explicou que Sean foi até a casa dela umas semanas atrás e explicou o plano dele, que me pediria em casamento de manhã, e, às duas da tarde, iríamos nos casar no telhado, numa cerimônia civil, e que depois viria a parte legal na Prefeitura na primeira data vaga.

Helen estava encarregada de escolher nossas flores e roupas. Sean sabia que Helen seria a melhor pessoa, depois de mim mesma, a escolher o vestido de casamento perfeito, e ele não estava errado. O vestido é de cetim com um drapeado no fim das costas e um decote em V arrebatador e lindo, adornado por rendas em ambos os ombros. A maciez do cetim parece requintada em minha pele, com minha pequena calcinha embaixo do vestido. Meu cabelo está em ondas de cachos dourados até as minhas costas nuas, mantendo-os longe do meu rosto por uma renda igual à do vestido. Para completar o visual, Helen fez uma maquiagem suave e natural.

Me sinto uma princesa.

Uma princesa feminina e sexy que está prestes a se casar com seu príncipe encantado e dominador. O único homem que sempre foi tudo para ela.

— Ah, merda.

— O que, Sam? Merda, esqueci algo? — pergunta, seu rosto de repente cheio de preocupação

— E quanto à minha mãe? Acho que ela está lá em cima. Juro por Deus que, se causar QUALQUER coisa hoje, vou perder a compostura.

Helen me olha, repentinamente parecendo tensa, quase sem graça.

— Ah... sim, sobre isso...

— O quê?

— Tomei uma decisão. Ela não merece estar aqui hoje. Não por você, Sammy. Pode ficar brava comigo. Provavelmente eu mereço, mas não queria arruinar o dia do seu casamento. Legal ou não. — Ela olha para o chão. Provavelmente é a única vez, em nossos treze anos de amizade, que Helen ficou sem graça e incerta.

Porra, amo essa mulher.

— Você é a MELHOR melhor amiga que eu poderia pedir.

— O quê? — Ela me olha. — Não está brava?

— Porra, não! Ela provavelmente fecharia o corredor apenas para me impedir de chegar até o Sean. Foda-se isso! Nada me impedirá hoje. Absolutamente nada. — Dou um passo para frente e lhe dou um grande abraço, que ela me devolve antes de se afastar.

Seguro a mão de Helen e olho seu relógio. São treze horas e cinquenta e cinco minutos.

Merda. Estou a apenas alguns minutos do momento mais memorável da vida de uma mulher. Sinto as borboletas em minha barriga, mas, por ora, não estou preocupada. Não estou nem mesmo nervosa. Estou excitada. Olho para

Helen e sorrio abertamente.

— Meu bem — Helen diz, seus olhos suavizando — , se não parar com isso agora, vou começar a chorar, e isso arruinará minha maquiagem, e ninguém quer ver isso. Então, pare com isso! — diz com um sorriso, e na mesma hora alguém bate à porta.

Helen se apressa em atender no mesmo instante que a porta começa a abrir.

— Ah, não, você não, senhor Mill... Ah. Ei, querido — fala, beijando Rico quando ele entra e passa por ela. Rico vem em minha direção e para a alguns passos de distância, observando-me de cima a baixo. *"Você está linda"*, diz suavemente em português, me chamando de bonita, e vem me abraçar.

— Não comece, Rico, ou vou começar a chorar, depois Helen começará a chorar e ficaremos uma bagunça.

Rico ri, enfiando a mão em seu bolso e puxando uma longa e branca caixa de joias.

— Bem, acho que você já vai chorar de qualquer jeito, Sammy. Esse é um presente de casamento de Sean. Ele me pediu para te falar que "sempre foi você" e que entenderia o significado.

Mordo o lábio, tentando controlar as emoções. Rico coloca a caixa em minhas mãos, que estão tremendo. Quando abro, vejo o cordão mais requintado de ouro branco, diamante e safira que já vi. Passo os dedos sobre o pingente, uma larga e brilhante safira que combina perfeitamente com os olhos de Sean, rodeada por um círculo de pequenos diamantes, envoltos em outro círculo de pequenas safiras.

Rico se aproxima e retira o colar da minha mão, olhando-me interrogativamente antes que eu acene, ainda tentando controlar minhas lágrimas contidas que enchem meus olhos. Viro-me e cuidadosamente levanto meu cabelo dos ombros, conforme Rico coloca o cordão e o fecha. Abaixando meu cabelo, caminho até o espelho e encaro a linda joia brilhante que completou meu visual perfeitamente. Agora, tudo que quero fazer é correr escada acima e abraçar fortemente meu futuro marido. Isso é permitido, certo?

Rico limpa a garganta para chamar minha atenção.

— Sam, Sean me pediu que a levasse até o altar. Você me daria essa honra?

Sorrio antes de correr para abraçá-lo.

— Claro, Rico. É perfeito. Meus dois melhores amigos me levando até o altar para o homem que amo.

— Ah, Deus, aconteceu. Agora vou parecer um guaxinim afogado. Muito obrigada, querida — Helen fala atrás de nós, sua voz embargada.

Cinco minutos depois, a maquiagem de Helen já está refeita e Rico abre a porta, conduzindo-nos pelo corredor e subindo as escadas até o telhado.

Quando paramos no primeiro degrau da escada, escuto um murmúrio de vozes de pessoas conversando. De repente, todos fazem silêncio quando a música começa a tocar. Helen me dá uma longa olhada, demonstrando todo o amor e apoio sem nem ao menos precisar falar, antes de beijar minha bochecha e sussurrar em meu ouvido:

— Vinte e cinco por cento das pessoas não fazem sexo na noite do casamento. Não faça parte dessa estatística. — Caio na gargalhada e Helen me dá uma piscadela, depois se vira e desaparece conforme entra pelo corredor.

Respiro profundamente e sinto Rico apertar gentilmente minha mão de forma tranquilizadora quando a marcha nupcial começa a tocar.

— Está na hora, mocinha. Hora de se casar com seu homem.

E essas são todas as palavras que preciso escutar de Rico. Saio de onde estava e encontro os olhos do meu homem lindo vestido com o smoking mais impressionante que já vi.

Estou me casando com o homem que amo, o único que sempre amei. O único homem que já viu meu verdadeiro eu e me ensinou a aceitá-lo.

O único homem que significou algo para mim.

Sean

A música começa e meus olhos estão pregados na porta aberta do telhado, esperando pelo primeiro vislumbre da mulher que se tornará minha esposa.

Helen já entrou no corredor e sorriu para mim. Seu lindo vestido verde-floresta toca o chão enquanto ela entra e se posiciona ao lado do juiz e se vira para as pessoas.

Depois, meu coração literalmente para de bater em meu peito quando vejo um pedaço do vestido de cetim branco passar pela porta.

— Uau. — Escuto Ryan murmurar ao meu lado, mas não me atrevo a olhar para nenhum outro lugar. Acho que não conseguiria, mesmo se quisesse. Estou muito fascinado pela visão à minha frente. Sam está deslumbrante... não, está requintada, deliciosa e linda. Meu pé coça para ir encontrá-la no meio do corredor apenas para me certificar de que chegue aqui mais rápido.

Tenho lutado, batalhado por ela, e, nesse momento, sei que continuarei lutando por Sam até o meu último dia de vida. Amarei-a e a protegerei, apoiarei e acordarei cada manhã sabendo que sou o filho da puta mais sortudo por tê-la.

Minha Sammy.
Minha feliz rendição.

Fim

Perfil da Autora:

Bestseller do USA Today, BJ Harvey se define como uma louca por obscenidades, ilusionista do suspense e criadora de romances engraçados. É uma ávida fã de música; você sempre a encontrará cantando alguma canção famosa de um jeito horrível, mas curtindo cada segundo.

Ela é casada, mãe de duas lindas garotas, vem daquele que ela considera o melhor país do mundo, a Nova Zelândia, e atualmente mora em Perth, Austrália.

Facebook: https://www.facebook.com/bjharveyauthor
Twitter: @bjharveyauthor
Instagram: bjharvs
Tumblr: http://bjharveyauthor.tumblr.com/
Goodreads: https://www.goodreads.com/author/show/6886702.B_J_Harvey
Cadastre-se aqui para receber informações: http://eepurl.com/MfpyP

Mesmo depois de seis livros, isso ainda é muito estressante e difícil de escrever. Não porque não sei a quem agradecer, é mais um caso de não ter poder mental o suficiente para me lembrar de todos.

À minha editora, Jenn. Amo você por continuar a me aturar mesmo depois de tanto tempo. Você me ama mesmo que eu esteja atrasada, fazendo mudanças tardias, tendo ideias de última hora que TÊM que ser incluídas, e a lista continua. Obrigada por ser você.

Para minha leitora de prova, Claire. Você salva meu pescoço e minha reputação frequentemente. Amo muito você. Espero que nunca enjoe de mim.

Para Cris, você é outra pessoa que acompanha a mim e aos meus loucos caminhos. Espero que esse ano lhe traga tudo que sempre desejou. Não conheço ninguém que mereça mais do que você. Beijos e abraços.

Para as minhas leitoras beta: Nikki, Jen, Karen e Christina. Vocês arrasam, garotas! Nunca me deixaram na mão e não reclamam quando envio, reenvio, e, às vezes, envio mais uma vez, apenas para ter certeza.

Para Kate "a bela" McCarthy. Obrigada por não me fazer pensar que sou louca e compartilhar minhas alegrias, minhas preocupações e meu sucesso. Amo ter alguém com quem compartilhar essas coisas, que entende os meandros da indústria e os está experimentando junto comigo.

Para as Harlots, amo vocês, garotas! Vocês estão sempre me apoiando de todas as maneiras que podem e amo que aturem minhas constantes provocações. Espero que a espera por Sean tenha valido a pena.

Para Kristy, Ilsa, Lila, Simone, Stephanie, Rebecca, Julie, Stacey e Nicky. Amo vocês pelas suas conversas estimulantes, suas vontades de ler meu trabalho e compartilhar o de vocês comigo, para debater comigo quando estou presa, e mesmo a ocasional ameaça de voar até mim e me bater. Pelas conversas picantes tarde da noite e a amizade de vocês, agradeço-lhes do fundo do meu coração.

Ao Sugar Plum, meu treinador motivacional constante que nunca me deixou desistir. Amo-o mais do que tudo.

E aos leitores. Obrigada por se manterem comigo e amarem meus homens da série Bliss. Eu adoro escutar que vocês ainda amam o Daniel, e que Zander ainda as excita, e amei especialmente ouvir que Sean pode roubar o coração de vocês.

Entre em nosso site e viaje no nosso mundo literário.
Lá você vai encontrar todos os nossos
títulos, autores, lançamentos e novidades.
Acesse www.editoracharme.com.br

Além do site, você pode nos encontrar em nossas redes sociais.

 https://www.facebook.com/editoracharme

 https://twitter.com/editoracharme

 http://instagram.com/editoracharme